Jürgen Bauer, Ein guter Mensch

Wir bedanken uns für die finanzielle Unterstützung bei:
Land Burgenland und Stadt Wien.

KULTUR BURGENLAND   WIEN KULTUR

MIX
Papier aus verantwortungsvollen Quellen
FSC® C012536
FSC www.fsc.org

Lektorat: Elvira Gross
Umschlag und Satz: Jürgen Schütz
Umschlagbild: © 2017, Jürgen Schütz
Druck und Bindung: Christian Theiss GmbH
Printed in Austria

ISBN: 978-3-902711-64-9

Auch als E-Book erhältlich.
ISBN: 978-3-903061-55-2

www.septime-verlag.at
www.facebook.com/septimeverlag | www.twitter.com/septimeverlag

Jürgen Bauer

Ein guter Mensch

Roman

für Bernhard

Make it beautiful now.
Scott Matthew

2. – 3. April

»In Zeiten wie unseren hast du drei Möglichkeiten. Du kannst schreien, abhauen oder in die Hände spucken und mitanpacken.« Marko dreht den Zündschlüssel: Hoffentlich säuft der Motor nicht wieder ab. Er tritt das Gaspedal durch und lenkt den Tankwagen aus der Garage auf den schmalen Weg hin zum vergitterten Tor. »Gut für dich, dass du dich richtig entschieden hast.« Die Wachen werden erst auf ihn aufmerksam, als er mit der Faust auf die Hupe drischt. »So fühlt es sich doch an, nicht?« Der Uniformierte sieht hoch, blättert gelangweilt in seiner Mappe und gibt Marko schließlich ein Zeichen mit der Hand. »Es fühlt sich doch richtig an?« Anstatt sofort auf das Tor zuzusteuern, verlangsamt Marko das Tempo und dreht sich zur Seite.

Sein Beifahrer lehnt mit dem Kopf an der Seitenscheibe, als wäre er eingeschlafen. Die verschwitzten Haare hängen ihm strähnig ins Gesicht, Sabber rinnt aus seinem Mundwinkel, die Sonnenbrille ist verrutscht.

»Berger? Alles in Ordnung?«

Berger sieht wie eine Marionette aus, der man die Fäden durchgeschnitten hat: kein bisschen Kraft mehr in seinem Körper. Bitte nicht, denkt Marko. Nicht jetzt. Nicht heute. Er schlägt seine Faust auf Bergers Brust: »Jetzt mach schon den Mund auf!« Nur ein Gedanke in seinem Kopf: Fünf Minuten. Lange hast du nicht durchgehalten. »Gabriel!« Berger hasst seinen Vornamen wie die Pest. »Komm schon. Reiß dich zusammen!«

Panisch saugt Berger die heiße Luft in sich hinein, ohne wieder auszuatmen. Seine Atemzüge klingen wie ein undichtes Ventil. 20.000 Liter Wasser wollen nach vorne, als Marko schließlich auf die Bremse springt. Die Beläge kreischen trotz der langsamen Geschwindigkeit wie ein Schwein, das geschlachtet wird. Verdammter Kowalski, denkt Marko, muss immer recht haben. Der Tankwagen kommt noch vor dem ersten Tor zum Stehen, hinter dem Stacheldraht sieht Marko schon die Ausfallstraße Richtung Stadt.

Knapp. Verdammt knapp.

Berger hängt schlaff in seinem Gurt. »Was? Ja, ja. Klar. Alles in Ordnung. Nur so heiß.« Seine Stimme klingt metallen, sein Mund ist schief und die Worte fallen ihm links von den Lippen. Schlaganfall, denkt Marko, doch dafür ist Berger zu jung, außerdem hat Marko den Gesichtsausdruck oft genug gesehen, um sich noch täuschen zu lassen. »Fahr einfach weiter«, lallt Berger. Es klingt wie »Farnfachwter«. Seine Lippen zwei dünne Striche ohne Farbe.

Der Uniformierte am Wachposten zuckt ungeduldig mit den Schultern und hebt seine Waffe: Was jetzt? Marko deutet ihm: Mach das Tor wieder zu, wir brauchen noch kurz.

»Hast du deine Ration dabei?«, fragt er von der Seite.

»Mrsoeis«, stammelt Berger als Antwort. »Mir ist so heiß.«

Stell dich hinten an, denkt Marko. Er würde auch lieber in der gekühlten Zentrale sitzen als in einem Tankwagen, der nach tagelangem Einsatz nach Schweiß und Kotze stinkt. »Du hast einfach zu wenig getrunken.« Anfängerfehler, mehr nicht. Marko fühlt Bergers Stirn: Seine Haut brennt, aber der Schweiß ist – eiskalt.

Panik steigt in ihm hoch. Ein schneller Griff. Er fischt seine eigene Wasserflasche aus der Mittelkonsole. Der Schraubverschluss klemmt. Keine Chance. Die verschwitzten Finger rutschen ab. Immer wieder. Scheiße. Die Kappe sitzt einfach zu fest. Jetzt bloß schnell sein. Marko klemmt die Plastikflasche zwischen seine Beine. Ein Rülpsgeräusch, als er sie endlich aufbekommt. Marko nimmt selbst einen Schluck, erst dann setzt er die Öffnung an Bergers Lippen und lässt ein paar Tropfen in den offenen Mund laufen. Langsam kippt er die Flasche und leert die Flüssigkeit in Bergers Rachen. Sein Beifahrer trinkt hastig und überstürzt. Zu hastig. Er verschluckt sich, hustet und spuckt das kostbare Wasser wieder aus, sein Kopf schnellt nach oben, Wasser und Spucke rinnen seinen Hals hinunter, in den offenen Kragen seines Hemdes.

»Langsam, verdammt. Hörst du mich? Schön langsam.« Marko beugt sich zu Berger und streicht über seinen Kopf, um ihn zu beruhigen. Sein Freund stinkt noch stärker, als er es gewohnt ist, ein bestialischer Geruch nach verwesendem Fleisch. Früher hatten nur Bettler diese Ausdünstung, wenn ihnen die Haut vom Körper faulte. Lange her. Säure kriecht Markos Speiseröhre nach oben. Reiß dich zusammen. Er streicht Berger weiter über den Kopf und drückt ihm die Flasche in die Hand. »Kotz mir bloß nicht den Wagen voll. Sonst müssen wir zurück in die Zentrale, und das können wir uns echt nicht leisten.«

Wie ein kleines Kind umfasst Berger die Flasche mit beiden Händen. Eigentlich wollte Marko mit der Ration den ganzen Tag auskommen, aber bevor Berger ihm schon beim ersten Einsatz zusammenbricht … Jede Minute, die sie hier in der prallen Sonne stehen, heizt die Fahrerkabine unbarmherzig auf. Ohne Fahrtwind ist es nicht auszuhalten. Körperverletzung, mindestens.

Der Uniformierte steht im Schatten, sieht zu ihnen herüber, die Hand wie eine Schildkappe über den Augen. Nur nicht auffallen, denkt Marko und nimmt ein Taschentuch, wischt Berger den Schweiß von der Stirn. Er riecht nach ranziger Butter und Chemie.

»Du musst vor dem Einsatz genug trinken. Das hast du in der Ausbildung doch gelernt. Dafür sind die zusätzlichen Rationen da. Was hast du mit dem Wasser denn gemacht?«

»Muss wohl verdunstet sein.« Berger stößt ihm mit dem Ellbogen in die Rippen. »Weißt doch, wie das ist bei der Hitze.«

»Verarschen kann ich mich selber.«

Blöde Witze. Gutes Zeichen.

»Den Klacks Wasser habe ich schon runtergestürzt, als ich den Wagen fertig gemacht habe«, sagt Berger. »Hab nicht daran gedacht, mir noch eine Flasche mitzunehmen. Tut mir leid.« Ein Gesicht wie ein geschlagener Hund. »Kommt nicht wieder vor.«

Ein Rauschen, dann krächzt die Kennnummer des Wagens durch das Funkgerät und ihr Vorgesetzter meldet sich aus der Zentrale: »Was ist los mit euch, Draxler?« Kowalskis Stimme, schneidend und schrill. »Alles in Ordnung?«

»Ja klar. Brauchen noch einen Moment. Problem mit dem Motor. Wie immer.«

Berger richtet sich auf, sein Gesicht nimmt langsam wieder Farbe an. Eine Mischung aus Hellrosa und Gelb, aber immerhin. »Hättest mir ruhig verraten können, dass du mich in einer Sauna herumkutschierst. Ich Trottel habe geglaubt, die Tankwägen wären gekühlt«, sagt er. »Komplett daneben, wie immer.«

»Alles nur Märchen«, sagt Marko. »Für sowas ist kein Geld da. Gekühlt sind nur die Tankwägen für den Süden.«

Berger drückt sich das Plastik der Flasche gegen die Stirn, als wäre es kühles Glas. Dann nimmt er noch einen Schluck.

»He, lass noch was übrig«, sagt Marko. »Mehr habe ich nicht mitgenommen. Konnte ja nicht wissen, dass …«

»Come on. Wir können doch …«, sagt Berger und macht mit seinem Kopf eine Bewegung nach hinten, Richtung Tank.

»Du spinnst wohl«, blafft Marko ihn an. »Das gehört nicht uns.«

Berger seufzt, sein Kopf sinkt nach unten. Vor sich auf dem dreckigen Boden entdeckt er schließlich den Verschluss, fischt ihn mit zwei Fingern nach oben und schraubt ihn behutsam auf den Hals. Als wäre die zerquetschte Flasche ein rohes Ei.

»Du musst dich schon beherrschen, wenn du mir helfen willst«, sagt Marko bestimmt. »Sei froh, dass du Arbeit hast. Und hör auf zu jammern, das bringt nichts.« Er beugt sich nach vorne, sein Hemd klebt wie Plastikfolie am Rücken fest. Jedes Kleidungsstück ist eines zu viel, doch das weiße Hemd ist Vorschrift. Die Luft auf der Straße flimmert, als könnte sie sich jeden Moment entzünden und das Kunstleder des Lenkrads schmilzt beinahe unter Markos Fingern. Er greift nach der Mappe, fischt den ersten Einsatzbericht heraus und fächert sich mit dem Rest etwas Luft zu. »Du hast jetzt Verantwortung, verstehst du? Die Menschen zählen auf uns. Da können wir nicht einfach schlapp machen.« Als Berger nichts erwidert, packt Marko seine Schultern und dreht ihn zu sich. »Mensch, du kannst jetzt endlich etwas Vernünftiges tun. Das ist doch, was du wolltest, oder nicht? Ich habe mich für dich eingesetzt, also blamier mich nicht. Wie oft habe ich dir schon aus der Scheiße geholfen?

Du musst anfangen, auf eigenen Beinen zu stehen. Oder muss ich dich wieder mit Gewalt aus der Wohnung zerren, weil du dein Leben nicht in den Griff bekommst? Nicht einmal ein Jahr ist das her, also reiß dich zusammen.«

Marko zieht das Funkgerät nah an seinen Mund: »Draxler hier. Eine Sekunde noch. Sind gleich so weit.« Er beobachtet Berger von der Seite. Sein Beifahrer ist noch nicht mal vierzig, doch jetzt sieht er sogar älter aus als er. »Na? Alles wieder in Ordnung? Sobald wir losfahren, wird es besser. Versprochen.«

»Ich mach das allein für dich, das weißt du.« Marko will etwas erwidern, doch Berger lässt ihn nicht zu Wort kommen: »Ich weiß, ich weiß. Ich soll es für die Menschen tun. Für die ganze verdammte Gesellschaft. Für die Zukunft. Für was auch immer. Hast du mir oft genug erzählt, musst du nicht wiederholen. Aber wenn ich ehrlich bin, ja, dann tue ich es für dich. Weil du mich aufgenommen hast, als kein Schwein sich um mich gekümmert hat. Darum schwitze ich mir hier den Arsch ab. Für dich.«

»Du schuldest mir nichts«, sagt Marko und legt den Gang ein, ein Krachen begleitet das Zittern des Hebels, dann steigt er auf das Gaspedal, hupt einmal, zweimal, dreimal und lenkt den Wagen schließlich zum Tor, am finster dreinblickenden Uniformierten vorbei. »Wenigstens tust du das Richtige. Egal, aus welchem Grund.« Mit einem Quietschen schieben sich die Flügel des Tores zur Seite.

Die Ausfallstraße ist leer, das Fahrverbot gilt noch bis zum Abend. Marko bleibt dennoch stehen, bevor er abbiegt, nicht alle halten sich an die neuen Verordnungen. Immer wieder sind Autos unterwegs, manchmal aus Dummheit, meistens aus Protest. Der Tankwagen hüpft auf, als die

Reifen von Schotter zu Asphalt wechseln. Obwohl der Straßenbelag in tiefe Furchen gerissen ist, drückt Marko stärker auf das Gaspedal und genießt die Geschwindigkeit, selbst wenn es noch zu heiß ist, um die Fenster zu öffnen. Die unebene Straße, die früher ein kaum befahrener Feldweg war und erst vor einigen Jahren für die neu errichtete Zentrale der Wasserversorgung zu einer richtigen Straße verbreitert wurde, führt abschüssig Richtung Stadt. Marko muss aufpassen, mit den Rädern nicht in eines der Schlaglöcher zu geraten, die die Straße wie Pockennarben übersähen. Der Weizen links und rechts der Böschung ist in diesem Jahr viel zu früh und viel zu hoch gewachsen, nun senken sich die ausgetrockneten Halme bereits müde Richtung Boden, als drückte die Sonne sie nach unten. Auch auf den Maisfeldern stehen nur wenige Pflanzen aufrecht. Bald liegt Popcorn auf den Feldern.

Einige Minuten fahren sie in völliger Stille, vorbei an leerstehenden Betrieben, das ausgetrocknete Flussbett entlang Richtung Stadt, dann dreht Marko das Radio auf. *Make it beautiful now,* heult es aus den Lautsprechern.

»Was soll der Scheiß? Willst du, dass ich losheule?«

Marko fummelt am Regler herum und sucht nach etwas Fröhlichem. Schon nach wenigen Sekunden hält er ein, lauscht. *Life comes at you fast. Gotta stay strong.* »Da. Vertreibt alle schlechte Gedanken«, übertönt er das Lied. »Kommt nur auf die Lautstärke an.«

An einer riesigen Plakatwand neben der Straße klebt das Bild einer nackten Schauspielerin. Das Plakat ist ausgeblichen und zerrissen. Die linke Brust hängt in Streifen zu Boden, doch die Schrift kann Marko noch entziffern. WASSERSPAREN REICHT NICHT. ESST WENIGER FLEISCH. Er zwinkert der Frau zu, wie immer. Mittlerweile haben die Felder noch trostloseren Brachflächen Platz gemacht, die Sträucher neben der Straße sind allesamt tot, die Bäume auf der Böschung ohne Blätter.

Plötzlich bricht die Musik ab und ein dunkler Bass meldet sich zu Wort. *Eine Information des Instituts für Notfallbewirtschaftung. Die heutigen Wasserabschaltungen betreffen folgende Zonen.*

Veränderungen kommen langsam und sind schon von Weitem zu erkennen. Das dachte Marko immer. Veränderungen passieren nur in der Zukunft. Doch auf einmal war diese Zukunft da.

Der Bevölkerung in den betroffenen Gebieten wird empfohlen, die Anweisungen zu befolgen, um eine reibungslose Versorgung sicherzustellen. Die bisherige Kooperation ist vorbildlich.

Abwarten, bis der Sommer kommt, denkt Marko. Die größte Hitze steht erst bevor und der letzte Regenschauer ist über ein Jahr her. Damals konnte der ausgetrocknete Boden das Wasser nicht aufnehmen, er erinnert sich noch an die überfluteten Felder, Sturzbäche überspülten die Straßen. Binnen Stunden war dann die Trockenheit wieder zurück. Mittlerweile sind selbst weiter im Westen die Talsperren nur mehr schlecht gefüllt.

Hinter sich spürt Marko die Wassermassen im Tank von links nach rechts und wieder zurückschwappen, als er auf eine größere Straße Richtung Zentrum wechselt. Mit jeder Bewegung des Lenkrads rutscht sein Körper auf dem abgewetzten Leder des Sitzes hin und her. Wir müssen uns einfach mehr anstrengen, denkt er. Noch mehr Einsatz zeigen. Noch einmal einen Lastwagen fahren? Darüber hätte er nach seinem Unfall nur gelacht. Die Zeiten waren vorbei. Doch es kam eben ganz anders.

Hinter einer Polizeiabsperrung am Straßenrand sind schon die ersten Ausläufer der Stadt zu erkennen. Marko schlägt gegen den Regler des Radios und bringt den Nachrichtensprecher zum Schweigen. Mit einem lauten Klack kommt die Musik zurück.

Berger kaut unruhig auf seinen Lippen herum, seine Finger trommeln auf das Armaturenbrett. Trp-trp-trp. Er will wohl etwas sagen, wie er so mit dem Kopf hin und her wippt, doch er bringt die Worte nicht über die Lippen, also lässt Marko sich von der Musik berieseln. Ein Moment der Ruhe, bevor der Einsatz wirklich losgeht.

»Das ist doch für den Arsch.« Mit einem Mal macht Bergers Arm einen großen Bogen, der die ganze Landschaft umschließt. »Geht doch sowieso alles kaputt. Egal, was wir tun.«

Verstreut stehen leere Karosserien wie eben erst verlassen am Straßenrand. Überhitzt. Kein Benzin. Oder die Klimaanlage ist ausgefallen. Dahinter alte Fabriken. Alle geschlossen. Manche nur für die Hitzeperiode, die meisten für immer. Der Zaun um die Motorenwerke ist besonders löchrig, durch die eingeschlagenen Scheiben sieht man Maschinen, die seit einigen Monaten nicht mehr in Betrieb sind. Sie wirken, als wären sie jahrzehntelang nicht benutzt worden. Nur auf dem Gelände der Zellstofffabrik arbeiten noch Menschen. Ein einstöckiges Ziegelgebäude, durch dessen Metallschiebetür Bewegungen auszumachen sind. »Nicht darüber nachdenken«, sagt Marko. »In die Hände spucken und anpacken. Dann erarbeiten wir uns ein klein wenig Hoffnung.«

»Glaubst du das jetzt wirklich?«, fragt Berger und sticht seinen Finger gegen das Fenster, zeigt nach draußen. »Wenn du dir das Ende dieses Sommers vorstellst? Dass wir es bis dann auch nur ein klein bisschen lebenswerter gemacht haben?«

»Das glaube ich nicht nur, darauf wette ich sogar.«

Berger streckt den Arm aus.

Marko schluckt. Dann löst er seine Hand mit einem leisen Ratsch vom schwarzen Leder und schlägt ein.

Für den ersten Einsatz des Tages müssen sie ans andere Ende der Stadt. Selbst im Zentrum, durch dessen enge Gassen Marko den Tankwagen lenkt, bleibt es trostlos: verlassene Häuser, wohin man auch schaut. Nur hin und wieder gepflegte Anwesen, wie einzelne weiße Zähne in einem verfaulten Mund. Häuser von Menschen, die es sich leisten können, ihre Pflanzen grün zu halten, ihre Anwesen sauber. Nach einer halben Stunde Fahrt haben sie das Zentrum durchquert.

»Dort vorne, siehst du?« Berger deutet auf die freie Fläche vor ihnen, zu der ein kleiner Weg zwischen zwei Fabrikanlagen hindurch führt. Marko muss die Augen zusammenkneifen, um in der Helligkeit der Mittagssonne überhaupt etwas zu erkennen. In einiger Entfernung kann er schließlich eine schwarze Linie in der Landschaft ausmachen und dann, als der Schmerz in seinen Augen nachlässt, einen Zug.

Die Menge bleibt regungslos stehen, auch als Marko den Tankwagen auf die freie Fläche neben den Waggons lenkt. Er hat Aufregung erwartet, Gerangel und Streit, doch die Gesichter der Menschen sind müde und matt.

»Dreh das Radio ab«, sagt er, und Berger bringt die Musik sofort zum Schweigen. Der Wagen hüpft auf dem lockeren Erdboden auf und ab, bevor er endgültig zum Stehen kommt. Hoffentlich schaffen wir es mit der alten Karre auch wieder von hier fort.

Die Bahn sollte den Berufsverkehr entlasten, doch sind es nur mehr ein paar Dutzend Fahrgäste, die versorgt werden müssen. Die Waggons stehen genau an jener Stelle, an der die Gleise in einer Kurve hinaus aus der Stadt biegen, sie neigen sich zur Seite, als könnten sie jeden Moment auf das Feld kippen. Im Schatten dahinter haben sich die Passagiere gesammelt. Einige tragen Anzug, zwei Männer haben auch in der größten Hitze ihre Krawatten angelassen, Marko spürt die bleierne Schwere, die sich über die Szenerie gelegt hat, die lähmende Resignation. »Los, worauf wartest du?«, sagt er zu Berger, der sofort aus dem Wagen springt, während er selbst noch den Einsatz an die Zentrale durchgibt:. »Wagen 1721 am Ziel.« 1721 klingt wichtig, es klingt nach einem Plan und einer wahren Flotte, dabei sind heute höchstens zehn Tankwägen im Einsatz, die nicht mehr als sieben Fahrten pro Tag schaffen. »Sollte nicht länger als zwanzig Minuten dauern«, gibt er durch und wartet auf eine Antwort von Kowalski. Als nichts kommt, hängt er das Funkgerät in die Halterung, bindet sich ein Tuch um den Kopf und stößt die Fahrertür auf. Er zuckt sofort zusammen: Das Metall der Waggons reflektiert die Mittagssonne, das Licht ist unnatürlich grell. Schnell fischt er seine Sonnenbrille aus der Brusttasche, setzt sie sich auf die Nase. Er kneift die Augen zusammen und entdeckt den Zugführer in der Menge vor sich, der wütend an seinem Funkgerät herumdreht.

»Sind die Aggregate nicht angesprungen?«, ruft er ihm zu.

»Keine Ahnung«, grummelt der Mann, ein Körper wie ein Bär, bullig und schwer. »Das Umstellen auf die reguläre Versorgung hat wohl wieder mal nicht geklappt.« Er winkt ab und dreht sich zur Seite. »Aber eigentlich habe ich nicht den Hauch einer Ahnung, was schon wieder passiert ist. Interessiert mich auch einen feuchten Dreck, um ehrlich zu sein.« Er schlägt mit der Faust gegen die Wand des Waggons, die ein dumpfes Donnern von sich gibt. »Schon das dritte Mal diesen Frühling. Verdammte Scheiße auch.«

Marko sieht sich um, Berger steht auf der kleinen Metallplattform an der Rückseite des Tankwagens. Sein Beifahrer lässt sich offenbar durch die herandrängenden Menschen nicht irritieren. Gut so, denkt Marko. Nur die Ruhe. Berger führt die erste Wasserausgabe des Tages alleine durch, die Fahrgäste bitten gesittet um ihre Rationen, die Hitze hat sie wohl mürbe gemacht.

Mit ein paar Schritten holt Marko den Zugführer ein, der zurück zum Triebwagen trottet. Die Farbe seiner Uniform ist ausgeblichen, der Kragen schmierig und fett. »Das funktioniert bald wieder«, sagt Marko. »Und in der Zwischenzeit sind ja wir da.«

Der Zugführer schnaubt und stellt einen Fuß auf die Plattform vor der Waggontür. Mühsam zieht er sich nach oben. Erst im Führerstand beginnt er loszumaulen: »In der Zwischenzeit. Bald. Gleich. In ein paar Tagen. Ich kann die Scheiße schon nicht mehr hören. Es wird Zeit, dass Dinge einmal jetzt passieren. Jetzt sofort.« Noch bevor Marko etwas erwidern kann, knallt die Tür vor ihm zu.

Marko macht auf dem Absatz kehrt, um zurück zum Tankwagen zu laufen, da sieht er einen alten Mann im

Schatten neben dem Triebwagen sitzen, den Kopf zwischen den Beinen, eine Aktentasche neben sich. Der Mann sieht aus, als würde er schlafen. Marko packt ihn an den Schultern und rüttelt, bis jener endlich den Kopf hebt und ihn ansieht.

»Aufstehen. Los, kommen Sie«, sagt Marko zu ihm. Ein rotes Netz von Äderchen zieht sich über die weiße Augenhaut. In den Ohren und Nasenlöchern verklebte Haare. »Sie müssen sich Wasser holen. Sonst kippen Sie noch um.« Der Mann sagt kein Wort. Ein Gesicht wie ein Passfoto: kein Ausdruck, keine Emotion. Marko streckt ihm die Hand entgegen, doch der Mann schüttelt nur langsam den Kopf, wie in Zeitlupe. »Na gut, dann warten Sie eben hier.«

Schnell drängt Marko sich durch die Traube an Menschen und füllt eine herumliegende Flasche mit Wasser. Zurück im Schatten hält er dem Mann das Plastik vors Gesicht. »Riecht nicht gut, ich weiß.« Das Wasser ist keimfrei und gechlort. »Schmeckt auch so, um ehrlich zu sein. Sie müssen es trotzdem trinken.«

Vorsichtig greift der Mann nach der Flasche und riecht am Verschluss, verzieht das Gesicht, nimmt dennoch einen großen Schluck. »Verdammte Hitze«, murmelt er schließlich kaum vernehmbar. »Ich habe immer gedacht, in Ihrem Land wäre es angenehmer.«

Marko stutzt. »Woher kommen Sie?«

»Türkei«, sagt der Mann, ohne Marko anzusehen.

»Ne zamandır buradasınız?« Die Worte fühlen sich fremd an in Markos Mund. Er muss sie tief aus seinem Gedächtnis graben, wird ein anderer Mensch, sobald er sie ausspricht.

»Türkçe konuşuyor musunuz?«, fragt der Mann, und mit einem Mal beleben sich seine Augen.

»Meine Frau kommt aus der Türkei«, sagt Marko. »Aber ich habe die Sprache nie gelernt. Immer nur ein paar Fetzen, mehr nicht.«

»Neden değil?«, fragt der Mann.

»Mein Kopf ist für solche Sachen nicht gemacht.« Marko wedelt mit seiner Hand neben dem Gesicht, wie um zu zeigen, dass sich die Gedanken in seinem Gehirn nicht festsetzen können.

Entschlossen streckt der Mann ihm seinen Arm entgegen: »Berat Arslan.« Ein erstaunlich kräftiger Händedruck.

Marko setzt sich neben Berat in den Schatten, obwohl er Berger bei der Wasserverteilung helfen sollte. Der vertraute Klang der türkischen Sprache und die Melodie der Worte ziehen ihn an, halten ihn hier, bei diesem Mann, bei Berat. Ein Ziehen im Rücken, als er sich gegen die Räder des Zuges lehnt, ein Brennen bis in die Zehenspitzen. »Ich bin einfach zu dumm für andere Sprachen«, sagt er, als der Schmerz verschwunden ist.

»Ich habe Sie verstanden«, sagt Berat.

»Wie haben Sie es nur bis hierher geschafft?«

Berat wiegt den Kopf bedächtig hin und her, als müsste er die Antwort genau überdenken. »Ich habe mich einfach rechtzeitig auf den Weg gemacht«, sagt er schließlich leise. »Vor den Pufferzonen und Sicherheitslinien. Vor den Zäunen und Abkommen und wie die Schikanen jetzt wieder heißen.« Der Schatten, den der Zug wirft, wird schmäler und schmäler. »Ich weiß nicht viel«, fährt Berat fort und fixiert dabei einen unsichtbaren Punkt am Horizont. »Aber ich weiß, wann es Zeit ist, zu gehen. Und trotzdem vermisse ich mein Land. Das klingt verrückt, nicht? Çılgınca değil mi? Hier ist es doch besser.«

Marko denkt an seine Frau. Daran, wie die Sprache aus ihrem Mund klingt. In dieser Mischung aus Deutsch und Türkisch, die er so liebt, weil sie sanft hin und her wabert. Die Sprache bringt ihr Gesicht zurück, ihren schmalen Körper, ihren süßlichen Geruch.

»Was soll ich sagen: Ich vermisse mein Land einfach.« Berat lächelt schief, als er das sagt. »Am liebsten würde ich zurückgehen.«

»Was soll der Unsinn?«, fährt Marko ihn an, Nehirs Bild mit einem Mal verzerrt in seinem Kopf, ihr Gesicht eine wahre Fratze. »Sie sind hier. Wo alle hinwollen, egal, was es kostet. Zurückgehen? Das ist doch der reinste Schwachsinn.«

Berat reißt den Kopf nach oben und streckt den Hals durch: »Ich bin hierhergekommen, damit es endlich wieder gut wird. Verstehen Sie? Anlıyor musunuz?«

»Aber es ist doch besser. Das haben Sie selbst gesagt.«

»Ja, besser.« Berat packt den Türgriff des Waggons und zieht sich mit einem Ruck nach oben. »Aber nicht gut.«

Auch Marko richtet seinen Oberkörper auf, streckt die Füße nach vorne und blickt Berat nach, der einige Schritte in die Sonne wankt. »Kommen Sie zurück. Das hält Ihr Kreislauf doch nicht aus.«

Doch Berat steht bereits auf offenem Feld, hinter ihm nichts als Bahngleise, die Richtung Norden führen. »Es ist alles so aufgeregt und unruhig«, ruft er und streckt die Arme von sich. Im Augenwinkel erkennt Marko, wie die Menschentraube auf Berats Worte aufmerksam wird. »So hysterisch. Wie ich. Sehen Sie mich nur an. Das kommt von der Hitze. Wir bräuchten mal wieder eine Abkühlung und Regen. Vielleicht sogar eine dicke Schneedecke. Lachen Sie nicht. Absolute Leere. Und einen klaren Gedanken.« Dunkle Flecken bilden sich auf seinem Hemd, sein Körper bebt. »Suskunluğa ihtiyacımız var«, ruft er laut auf Türkisch, als hätte er nicht mehr die Kraft, die Worte auf Deutsch zu suchen. »Tekrar düşünebilmek için.« Die Sonne wandert höher und höher, es gibt kaum mehr Schatten rund um den Zug, der schwarze Streifen ist schmal und scharf geworden. Auch der Schatten Berats ist zu einem winzigen Punkt zu seinen Füßen geschrumpft. »Egal, wo, es wird immer schlechter. Bu yaşamak değil ki. Das ist doch kein Leben.«

Mühsam kämpft Marko sich auf die Beine, wuchtet seinen Körper nach oben. Ein leichter Taumel befällt ihn, dann steht er wieder fest. »Kommen Sie«, sagt er und streckt den Arm aus. In der Ferne hört er das Heulen der Martinshörner. Er greift Berats Hände, die Haut an den Fingern rau wie Sandpapier, und zieht ihn zu den Stufen, die ins Innere des Waggons führen.

»Bu dünyaya alışamayacağız«, seufzt Berat. »Wir werden uns an diese Welt nicht gewöhnen. Sie werden schon sehen.«

Marko hält seine Arme, während der alte Mann sich langsam setzt. Er spürt das Gewicht des Körpers in seinen Schultern, in seinem Rücken. »Das werden wir auch noch überleben«, redet er ihm gut zu.

»Da bin ich mir nicht so sicher«, bekommt er als Antwort. »Yaşlıyım.«

»Sie sind nicht alt«, sagt Marko, als er plötzlich die Stimme Bergers hinter sich hört: »Wir müssen weiter. Nächster Einsatz.«

»Gehen Sie nur«, sagt Berat und winkt ab. »Sie werden gebraucht.«

Neben dem Zug haben bereits die Kollegen des technischen Notdienstes Aufstellung bezogen. »Halten Sie durch«, sagt Marko noch und reicht Berat die Hand. »Das wird alles wieder.«

»Warten Sie noch ein paar Monate«, sagt der alte Mann. »Göreceğiz.«

Die Luft in der Fahrerkabine ist zum Schneiden, als Marko sich nach oben zieht. »Alles gut gelaufen?«, fragt er Berger, nachdem er sich in der Zentrale gemeldet hat, doch von seinem Beifahrer kommt keine Antwort. Die weiteren Einsätze an diesem Tag verlaufen ohne Zwischenfälle. Berger und er verteilen die Wasserrationen streng nach Plan. Das Funkgerät bleibt still: keine Notfälle. Es gibt auch so genug zu tun. Mittlerweile sind die Tankwägen in der ganzen Stadt unterwegs. Für eine regelmäßige Betreuung aller Gebiete fehlt schlicht das Geld, also befüllen die Transporter überall dort notdürftig Tanks, wo die reguläre Versorgung gerade nicht funktioniert. Allerorts werden Nachbarschaftszentren hochgezogen, die Wasser und medizinische Versorgung für die Bevölkerung bieten. Ein solches Nachbarschaftszentrum ist der letzte Punkt ihres Einsatzes. Als Marko den Wagen in die Zufahrt steuert, ist der Sicherheitsdienst schon da. Die Mitarbeiter tragen keine Uniformen, keine Waffen, sind rein äußerlich von den anderen Anwesenden nicht zu unterscheiden, und trotzdem bemerkt man sofort, dass sie mit unbestimmter Autorität für Ruhe bei der Zuteilung sorgen. Es sind Privatpersonen, keine Polizisten, kein Militär. Menschen, die sich durch ihren Einsatz ein wenig Geld dazuverdienen. Die Jobs sind begehrt, trotz der Übergriffe bei den immer wieder ausbrechenden Streitereien, trotz der schlechten Bezahlung. Die Zentren selbst heißen RÜCKZUGSHAFEN und KÄLTEKAMMER und NACHBARSCHAFTSINSEL, aber alle schönen Namen können über die Trostlosigkeit der Orte nicht hinwegtäuschen. Dixiklos stehen vor dem Eingang, es stinkt nach Chlor, Scheiße und Schweiß. Berger befüllt wie schon zuvor die Tanks, während Marko vom Eingangsbereich aus nach drinnen schielt. Im großen Raum stehen Tische und Stühle, an die Wand gelehnt die Matratzen, die in der Nacht auf dem Boden ausgelegt werden. Einfache Schilder weisen den Weg zur Essensausgabe und zum Arzt. Die Räume hier sind gekühlt, und auch wenn der Strom manchmal stundenweise ausfällt, bleibt es hinter den dicken Wänden länger erträglich als in den Neubauten, die in den letzten Jahren für die Versorgung aus dem Boden gestampft wurden. Noch vor dem Eingangstor stellen sich die Neuankommenden in drei Schlangen an.

ESSEN / MEDIZIN / WASSER.

Und darunter: FOOD / MEDICINE / WATER.

Eine Handvoll Menschen hat heute ihren Weg hierher gefunden, nicht mehr. An der Wand vor dem Eingang hängt ein Brett: ARBEIT GESUCHT. Unzählige Zettel hängen in mehreren Lagen darunter, Marko reißt einige davon ab.

SUCHE ARBEIT. MACHE ALLES.

BIETE HILFE. BESONDERS GÜNSTIG.

Und auf einem zerrissenen rosa Blatt:

MITFAHRER GESUCHT.

AUSREISEGRUPPE BIETET GESELLSCHAFT.

MACH DICH NICHT ALLEINE AUF DEN WEG.

Marko knüllt das Papier zusammen und wirft es auf den Boden, als er zusammenzuckt, weil etwas Feuchtes auf seine Wange klatscht. Schnell fährt er mit seinen Fingern über die Haut, hält sie vor sein Gesicht. Im Eingangsbereich des Zentrums entdeckt er einen jungen Mann, fast noch ein Kind. Kurze Hosen in grellem Grün, ein T-Shirt in Rot. Woher hat der Junge die riesengroße Wasserpistole, die er in der Hand hält? Langer Lauf in Gelb, dahinter der Wasserbehälter zum Pumpen. Wäre das Gerät nicht so bunt, könnte man es für eine echte Waffe halten. WATER-FUN, steht auf dem Griff. Immer wieder pumpt der Junge, spritzt dann wahllos in die Menge der Wartenden. Die Mitarbeiter des Sicherheitsdienstes sehen zu, ohne dazwischenzutreten. Schultern werden gezuckt, Augenbrauen nach oben gezogen, Hände fragend in die Luft gereckt. Der Junge umkreist die Wartenden wie ein Schäferhund die Herde, lacht hysterisch, johlt wie ein Betrunkener. Schließlich greift doch noch einer der Sicherheitsmänner ein. Geht ein paar Schritte auf ihn zu, schon läuft der Junge prustend davon, direkt am Tankwagen vorbei. Marko versucht seinen Arm zu erhaschen, doch er zuckt zurück, als er noch eine Ladung Wasser abbekommt. Die Pupillen des Jugendlichen sind riesengroß, in gewisser Weise sieht er sogar glücklich aus. »Bleib stehen«, ruft Marko ihm hinterher, doch da ist der Junge längst zu weit weg, um ihn noch zu hören. Dem ist wohl die Hitze zu Kopf gestiegen, denkt Marko.

Die Heimfahrt zur Zentrale dauert keine zwanzig Minuten. Als endlich die Sonne hinter den Hügeln verschwindet, kurbelt Marko das Fenster nach unten, und obwohl von draußen nur heiße Luft nach innen strömt, tut ihm der Fahrtwind gut. Er ist entspannt, der Einsatz vorbei, er hat nur eine Hand am

Lenkrad, als plötzlich ein Mensch aus dem verdorrten Buschwerk auf die Straße springt. Marko knallt den Fuß auf das Bremspedal. Ein kreischender Ton. Der Wassertank drückt von hinten gegen die Fahrerkabine. Berger schreit auf und krallt sich die Halteschleife über seinem Kopf. Gerade noch rechtzeitig schaffen es die Bremsen, den Wagen zum Stehen zu bringen. Ein Surren durchschneidet die Luft.

»Was zur Hölle …«, stottert Marko.

Vor ihnen steht eine verwirrte Gestalt. Ausgezehrtes Gesicht, tief eingefallene Augen. Im ersten Moment erkennt Marko nicht einmal, ob es sich um einen Mann oder eine Frau handelt. Dann sieht er die herunterhängenden Hautlappen der Brüste unter dem braunen Leinensack, den sie um ihren Oberkörper geschlungen hat, die dünnen, weißen Haare. Das Gesicht der Frau gleicht einem Totenschädel. »Scheiße, spinnt die«, flucht er und knallt die Faust auf die Hupe. Die Augen der Frau flackern hinter der dreckigen Windschutzscheibe, sie bewegt sich keinen Millimeter von der Mitte der Straße fort.

Berger saugt die Luft durch den schmalen Spalt zwischen seinen Zähnen ein und stößt sie wieder aus. Ein leises Zischen, immer schneller.

»Beruhig dich«, sagt Marko. »Wir haben sie nicht erwischt.«

Um ihren Hals hat die Frau ein Tuch geschwungen, an den Füßen trägt sie Sandalen, ihre Unterschenkel hat sie zum Schutz vor der Sonne mit Erde eingerieben, wie die Obdachlosen im Park. Um ihren Oberkörper schlingt sich der Riemen einer Tasche. Marko schafft es nicht, sich aus dem Fahrersitz zu heben. Er drückt immer und immer wieder auf die Hupe, doch ohne Erfolg.

»Ich habe sie schon einmal gesehen«, sagt Berger schließlich.

Marko zeigt auf die Gestalt auf der Straße, die noch immer regungslos verharrt: »Du kennst die Irre?«

»Sie steht manchmal bei den Durstigen im Stadtpark. Ich habe mal ein paar Worte mit ihr geredet.«

»Was machst du bei den Durstigen?«

Langsam lehnt die Frau den Oberkörper nach vorne, doch bevor sie umkippt, reißt sie die Beine nach oben und springt ein paar Schritte auf den Tankwagen zu, fährt mit den Fingern über ihr Gesicht, schiebt die gelbliche Haut über der Stirn zusammen. Ihre Augen sitzen tief in den Höhlen, die Hände sind zerstochen. Mit einem Sprung steht sie vor dem Wagen und donnert mit beiden Händen auf die Motorhaube. Tok, tok, tok. Immer und immer wieder. Wie ein Beben spürt Marko die Schläge als Zittern in der ganzen Fahrerkabine. Ganz schön viel Kraft, denkt er.

Berger lässt das Funkgerät klicken, doch Marko nimmt es ihm sofort aus der Hand. In der Zentrale sitzt nur Kowalski, und es hat keinen Sinn, ausgerechnet Kowalski um Hilfe zu bitten. Der würde nur auf das Gaspedal drücken und losbrausen: Mission erfüllt.

»Dann eben keine Verstärkung«, blafft Berger. »Aber irgendwie müssen wir sie wohl von der Straße kriegen. Komm, lass mich mit ihr reden.«

»Spinnst du?« Marko hält Berger zurück, noch bevor dieser die Tür öffnen kann. »Mit Worten brauchst du so jemand erst gar nicht zu kommen.« Ein paar Mal steigt er auf das Gaspedal, ohne einen Gang einzulegen. Der Motor heult auf, doch die Frau lässt sich davon nicht beeindrucken.

»Funktioniert ja wunderbar«, ätzt Berger.

Marko spürt Wut wie Magensäure in sich aufsteigen. Sie kriecht tief aus seinem Körper nach oben, durch die Speiseröhre bis in seinen Mund. Doch er schluckt sie einfach hinunter.

»Água«, schreit die Frau schließlich, und noch einige andere Wörter, doch Marko versteht nur dieses eine: Água. Natürlich will sie Wasser, was sonst? Ihre Stimme ist rau und brüchig, aber sie röhrt wie ein verletztes Tier.

Marko blickt sich um. Dürres Gestrüpp säumt die Straße, die sich Richtung Zentrale windet, weiter nichts. Keine Rückzugsmöglichkeiten. Nur freie Flächen, kilometerweit keine Häuser, in einiger Entfernung die ersten Überreste von Fabriken. Nirgends ein Hinweis auf Komplizen, keine Habseligkeiten, die auf eine Gruppe Durstiger hinweisen. Die Frau ist alleine. Dumm, denkt Marko. Sehr dumm. Alleine hast du keine Chance, alleine bist du verloren. Die Überfälle der letzten Monate wurden von Gruppen ausgeführt, mehrere Mann starken Verbänden. Sie hatten nur Erfolg, wenn sie organisiert vorgingen.

»Das ist doch lächerlich«, sagt er. »Kompletter Wahnsinn.«

»Sieht eher nach Verzweiflung aus«, antwortet Berger.

Wie als Beweis dafür zieht die Frau mit einer schnellen Bewegung ein Messer aus der Gürtelschlaufe. Eine kleine Klinge, die im Licht glänzt. Marko zuckt mit seiner Hand nach oben, doch anstatt endlich zu verschwinden, beginnt die Frau mit dem Messer auf die Motorhaube einzustechen. Das stumpfe Messer prallt auf das Metall. Es reicht, denkt Marko. Bis hierher und nicht weiter. Er öffnet das Sicherheitsschloss der Fahrertür, obwohl Berger ihn zurückhält, ihm das Funkgerät in die Hand drückt, doch für Verstärkung ist keine Zeit. Marko sieht auch keine Notwendigkeit dafür. Noch nicht. Während er aus der Kabine nach unten springt, zieht er seinen Taser aus der Seitentasche. Seine Füße wirbeln eine kleine Wolke Staub auf. Er hält den Taser nach oben, sodass er im Abendlicht wie ein Schmuckstück blitzt.

Zwing mich bloß nicht, das Ding zu benutzen.

»Blöde Idee«, ruft er der Frau zu. »Can you hear me? Think twice.« Er hält den Taser zwischen Daumen und Zeigefinger.

Die Frau zieht das Messer ganz nah an ihren Körper, macht keinen Schritt von Marko weg. Reglos steht sie vor ihm. Ein paar Kratzer, mehr Schaden hat das Messer nicht angerichtet. Die Klinge hätte auch den Wassertank niemals durchstoßen.

»This ends here and now, you understand?« sagt er mit Nachdruck.

Doch die Frau stammelt nur »Água.«

»Ich kann dir nichts geben.«

»One bottle. Nur eine Flasche.«

»Keine Chance. No chance. Water is not for you.«

Die Frau zieht eine zerquetschte Flasche hervor und hält sie Marko entgegen: »Obregado. Era só uma garrafa de água, se faz favor!«

Das bisschen Wasser, denkt Marko. Könnte im Tank verdunstet sein. Aber nicht so. Nicht für dich. Es gibt genug Menschen, die es ebenso dringend brauchen. Die es sich verdient haben. Denen ich jeden Tropfen gönne.

Die Frau wiegt den Kopf hin und her, reißt den Hals nach hinten und stößt einen Schrei aus. Im Augenwinkel sieht

Marko, wie Berger in der Fahrerkabine zusammenzuckt. Die Arme der Frau fliegen nach oben, sie verzieht den Mund zu einem Grinsen. Ihr ganzer Körper ruft: Na gut, dann eben anders, dann eben so. Blitzschnell reißt sie die Haut ihrer Unterarme mit dem Messer auf. Zuerst links, dann rechts. Die stumpfe Klinge schafft keinen klaren Schnitt, vom Handgelenk aufwärts bis zur Armbeuge hängt die Haut in Fetzen am Fleisch. Sofort schießt Blut aus den Venen. Dickes, kirschrotes Blut. Scheiße. Verdammte Scheiße. Marko lässt den Taser sinken. Noch immer grinst die Frau ihn an, doch nun wirkt sie klar und ruhig. »Hospital«, sagt sie und betont dabei jede Silbe des Wortes. »Hospital, now.« Dann erst legt sie sich auf den Boden, langsam und kontrolliert, streckt die Arme seitlich aus, überkreuzt die Beine.

Markos Blick bleibt an ihrem Blut kleben, das in kurzen, schnellen Stößen auf den Asphalt spritzt. Wie ferngesteuert klettert sein Körper zurück in die Fahrerkabine. Er kann nicht denken, nicht atmen.

»Worauf wartest du?« Berger schüttelt seinen Körper durch. »Ruf die Rettung, jetzt. Sofort.«

Unendlich langsam greift Marko nach dem Funkgerät. Was geht hier eigentlich vor? Er stammelt ein paar Worte, doch Kowalski in der Zentrale versteht nicht. Erst als Berger das Funkgerät an sich reißt, setzen sich die Dinge in Bewegung. Ich muss etwas tun, denkt Marko. Irgendetwas. Ohne Plan springt er zurück auf die Straße.

Der Gestank von Pisse, Scheiße und Blut schlägt ihm entgegen, als er sich zur Frau nach unten beugt. Er versteht die Worte nicht, die sie stammelt. »Vão ver como é. Não passamos de animais.« Luftbläschen zerplatzen auf ihren Lippen. »Sem nenhum futuro. Sem nenhuma esperança.«

Es dauert keine fünf Minuten, bis der Rettungswagen eintrifft, doch Markos Kleidung ist vom Blut bereits völlig durchnässt, als er die Sanitäter an die Frau heranlässt. Die Ärztin kennt Marko schon seit Schulzeiten, er muss dennoch überlegen, bis er ihren Namen auf seinen Lippen formen kann: Kali. Sie arbeitet so nah an der verletzten Frau, dass ihre beiden Körper wie einer aussehen.

»Was passiert mit ihr?«, will er von ihr wissen.

»Wir nähen sie zusammen und dann werfen wir sie wieder raus.« Kali zieht die Latexhandschuhe ab, wirft sie auf die Trage und schiebt diese nach drinnen. »Schau mich bloß nicht so an. Wir haben alle unsere Vorschriften. Oder ist euer Tank um eine Flasche leerer?« Sie sieht Marko tief in die Augen und nickt. »Hätte ich auch nicht gedacht.«

Der Rettungswagen heult auf, die Reifen quietschen auf dem Asphalt, Marko knallt die Fahrertür hinter sich zu. Er presst seinen Rücken gegen den blutverschmierten Sitz.

»Du hättest ihr doch etwas Wasser geben können«, sagt Berger, ohne ihm eine Sekunde Zeit zu lassen. »Der Tank ist sowieso fast leer.«

»Ich habe viel gesehen«, murmelt Marko im Versuch, die wirren Gedanken in seinem Kopf zu ordnen. »Wirklich viel. Betteln. Dealen. Erpressen. Sogar Überfälle. Aber sich die Pulsadern aufschlitzen? Drehen jetzt alle durch?« Erst langsam kommt er wieder zu Atem. »Wir können hier nicht länger bleiben«, sagt er. Der Tankwagen ist auf den Seitenstreifen gerutscht, völlig schief steht er zur Straße. »Wir müssen los, bevor noch so jemand …« Er hält den Zündschlüssel zwischen Daumen und Zeigefinger, jedoch ohne ihn zu drehen.

»Warum hast du ihr kein Wasser gegeben?«, insistiert Berger.

»Weil es einen Plan gibt, verdammt.« Marko fischt ein Taschentuch aus der Verpackung. Sogar unter seinen Nägeln klebt Blut. Zäh und ekelhaft. »Hängt überall aus.«

»Du und dein fucking Plan. Ist alles, was du kennst.«

»Klar, ich hätte ihr Wasser geben können. Wäre naheliegend gewesen, nicht wahr? Ganz einfach. Problem erledigt. Aber sie bekommt ihre Ration zugeteilt. Wie alle anderen auch. Das ist der faire Weg. Der einzige Weg.«

»Was redest du von fair?«, blafft Berger ihn an. »Es ist doch so scheiß wichtig, was wir tun. Menschen helfen und das ganze Gelaber. Die hat sich aufgeschlitzt. Die war doch ganz offensichtlich verwirrt. Und verzweifelt. Wir hätten ihr helfen können.«

Marko beugt sich zu Berger, bis seine Lippen beinahe dessen Gesicht berühren. »Die war nicht verwirrt«, zischt er. »Bist du so naiv? Die hat uns erpresst. Weil es im Krankenhaus Wasser gibt. Und etwas zu fressen.«

»Und das nimmst du ihr übel?« Bergers Augen zucken. Das tun sie nur, wenn er kurz davor ist, zu explodieren.

»Nein«, sagt Marko. »Aber ich lass mich nicht erpressen. Wenn jeder das so macht, bricht alles zusammen. Das Ganze hier kann nur funktionieren, wenn sich alle an die Regeln halten.« Mit einem Zug knallt er seine Faust auf das Armaturenbrett. Ein dumpfes Donnern hallt durch die Kabine, auf dem Plastik bleibt ein brauner Fleck zurück. »Ich wäre auch gern anders, das kannst du mir glauben.« Er hält seine Hand flach vor Bergers Gesicht: Die Finger zittern. »Glaubst du, dass ich so sein will? Dass es vorhin einfach für mich war? Ich bin kein Arsch. Aber es ist dein erster Einsatz. Reden wir in einem Monat weiter. Was manche Leute probieren. Gerade die Durstigen kennen keine Grenzen.«

Endlich startet er den Wagen und fährt los, ein Rumpeln, als die Reifen zurück auf den Asphalt rollen. »Sollen doch im Lager bleiben. Dort liefern wir genug Wasser hin.«

»Weißt du, wie es da drinnen aussieht?«

»Nein, aber du auch nicht.«

Die Lager wurden seit Jahren nicht mehr kontrolliert.

»Man hört so Dinge«, sagt Berger.

»Ja, Gerüchte. Wie stille Post. Heraus kommt nur Unsinn.«

»Ich habe gehört, dass sie manchmal Flaschen aus den Geschäften stehlen oder sogar Wassertanks anzapfen. Mittags, wenn keine Sau unterwegs ist. Und wenn man sie erwischt, laufen sie nicht einmal weg. Sie gehen nur die Straße entlang, wie Zombies, bis man sie verhaftet. Oder zusammenschlägt. Je nachdem, an wen sie geraten. Und denen willst du nicht helfen?«

»Glaubst du wirklich, das hat noch niemand versucht?«, sagt Marko. »Wasser verteilen, am Plan vorbei? Kommen sich vor wie Robin Hood und sind doch nur kleine Banditen. Es gibt immer ein paar Idioten, die sich bestechen lassen. Aber damit darfst du gar nicht erst anfangen. Du weißt ja selbst, wie du manchmal bist. Wie beeinflussbar. Und schau mich bloß nicht so an. Du erinnerst dich genau. Du musst auf mich hören, sonst wird das hier nichts.«

Bergers Augen zucken wieder.

Die Luft über dem Asphalt zittert.

»Du kannst ja wirklich ein richtiges Arschloch sein«, schnaubt Berger.

Zurück, denkt Marko. Einen Schritt zurück. Er wartet eine Sekunde, dann drückt er Daumen und Zeigefinger aneinander, formt ein großes Loch und hält es Berger vors

Gesicht: »Ja. Und manchmal sogar ein riesengroßes. Wenn es denn sein muss.«

Berger zieht seine Augenbrauen zusammen, bis sie sich über der Nase beinahe berühren. »Ein kurzer Tag, und schon habe ich keine Ahnung mehr, wer du eigentlich bist.«

»Du übertreibst mal wieder maßlos.« Marko lacht trocken. » Hättest du ihr denn wirklich Wasser gegeben?«

»Wahrscheinlich«, sagt Berger. »Manchmal braucht man doch das Gefühl, dass man jemandem helfen kann, oder nicht?«

Ein Tankwagen brettert an ihnen vorbei, ohne zu bremsen. Die Druckwelle bringt die Fahrerkabine zum Vibrieren.

»Wir helfen, so gut wir können. So gut wir dürfen«, versucht Marko den Lärm zu übertönen. »Ich bin doch trotzdem ein guter Mensch?«

Berger legt den Kopf schief: »Klar. Sind wir doch alle.«

Nach dem Einsatz schleppt Marko sich die Stufen zur Zentrale hinauf. Berger lässt er zurück, um das Wageninnere von Blut und Schweiß zu reinigen. Es kommt ihm seltsam vor, seinen Freund wie einen der Zugeteilten zu behandeln, die für die Drecksarbeit zuständig sind. Er weiß, dass das alte Plastik nicht sauber zu bekommen ist. Es sind ausgemusterte Tankwägen, die die Versorgung sicherstellen, Molkereien und Brauereien haben sie der Stadt zur Verfügung gestellt. Auf dem Lack erkennt man noch die Logos der Firmen. Auf Markos Motorhaube prangt eine bunte Kuh, ergänzt durch das Logo der Versorgungseinheit: ein blauer Wassertropfen auf weißem Grund. Der berühmte Tropfen auf dem heißen Stein. Das Logo ziert auch den langgezogenen Gebäudeteil, der direkt an die Garage anschließt und in dem sich die Zentrale befindet. Eine geschwungene Auffahrt führt zum Haupteingang, hinter dem sich das enge Treppenhaus öffnet. Marko freut sich auf die kühle Luft, auch wenn sie ihn krank macht, seinen Atem rasseln lässt. Es ist der einzige gekühlte Ort, zu dem jemand wie er Zutritt hat, also beschwert er sich nicht. Die Zentrale ist ein Provisorium, das überdauert hat. Von hier aus erfolgt die Wasserversorgung, auch wenn die meisten Tanks direkt bei den Rückhaltebecken stehen. Die langen Gänge sehen auf allen Stockwerken gleich aus: weiße Wände, weiße Türen. Nimmt man eine falsche Abzweigung, geht man für immer verloren. Wie sich die Schüler hier einst zurechtgefunden haben, ist Marko ein Rätsel. Auch nach all den Jahren sucht er die Gänge noch nach dem bronzenen Schild ab, das ihm bestätigt, dass er richtig ist: LEITSTELLE, PROV. 1. STOCK (EHEM. LEHRERZIMMER).

Er stößt die Tür mit seiner Schulter auf.

»Um Himmels willen, Draxler! Du siehst ja aus wie die Figur in diesem alten Horrorfilm.«

Hinter der Wand aus Bildschirmen sieht Marko nur die zwei Augen und die feucht schimmernde Glatze Kowalskis. Er pfeffert die Mappe mit den Aufträgen auf den Stapel.

»Dieser Schinken. Du weißt schon.« Kowalski lässt das Mikro des Headsets in seiner Faust verschwinden. »Das Mädchen. Der Schulball. Das Schweineblut. Verdammt, ich habe es gleich.«

Marko kratzt das verkrustete Blut von seinem Hemdkragen. »Wenn du eine Duschmarke …«, doch Kowalski unterbricht ihn sofort: »Carrie. Scheiße. So heißt der Film. Uralt.«

Die Kühle des Raumes nutzt Markos Körper, um endlich Hitze abzugeben. Er fühlt sich an wie ein Heizstab, den man in kaltes Wasser taucht. »Lass nur«, sagt er. »Ich nehme mir schon selbst.«

Kowalski kippt im Sessel nach vorne. »Wie hat er sich denn gemacht, dein kleiner Freund?« Weil seine Nase dauernd verstopft ist, atmet Kowalski nur durch den Mund, er sieht aus wie ein Goldfisch. »Alles in Butter?«

»Klar. Habe ich dir doch versprochen«, sagt Marko. »Und halte ich nicht immer mein Wort?« Er sieht die Anzeigewand hinter den Monitoren blinken, doch Kowalski ignoriert die Anfragen wie ein Profi: »Ich habe gehört, dass er einfach im Wagen sitzen geblieben ist«, sagt er. »Dir nicht geholfen hat.«

»Ist das eine Frage?«

»Nur eine Bemerkung.« Kowalski klopft mit seinem Bleistift auf der Tischplatte herum, irgendein seltsamer Rhythmus. Wahrscheinlich ein Lied, das er gerade im Kopf hat. Das Geräusch macht Marko wahnsinnig.

»Lass Berger meine Sorge sein.«

Kowalski verzieht den Mund, als hätte er auf Aluminium gebissen. »Wenn ich das nur könnte, Draxler. Wenn ich das nur könnte. Apropos. Die Wachen haben einen Vorfall beim Tor durchgegeben.« Er legt den Kopf schief wie ein Hund, der Beute riecht. »Ihr seid zu spät abgefahren. Aber keine Angst, ich habe nichts an den Boss weitergeleitet«, flüstert er und deutet mit einem Nicken zur großen Holztür auf der linken Seite des Ganges. »Die Leute reden halt gern. Du musst achtgeben.«

»Ein Problem mit dem Wagen, weiter nichts«, sagt Marko.

Kowalski wippt mit seinem Stuhl vor und zurück und kaut auf einem Stift herum. Ein Speichelfaden hängt an seiner Unterlippe und pendelt hin und her, wird immer länger, ohne abzureißen. »Ein Problem mit dem Wagen also. Mhm.« Er schmatzt, als hätte er Klebstoff zwischen den Zähnen.

»Die alten Karren werden ja nicht mehr gewartet«, sagt Marko. »Du selbst hast dagegen gestimmt. Erinnerst du dich nicht mehr?«

»Also kein Problem mit Gabi?«

»Nein, kein Problem. Und nenn ihn nicht so, er heißt Gabriel.« Marko packt die Einsatzmappe des nächsten Tages vom Stapel. Er kritzelt seinen Namen an die Tafel neben der Tür und verschwindet.

»Du weißt, dass du jederzeit jemand anderen haben kannst?«, ruft Kowalski ihm nach. »Jemand, der mit einer Waffe umgehen kann?«

»Brauch ich nicht«, antwortet Marko im Gehen. »Will ich auch nicht.«

»Deine Verantwortung. Ganz alleine deine Verantwortung.«

Als Marko endlich den Zündschlüssel seines Wagens dreht, bekommt er bloß ein Röcheln als Antwort. Dabei ist er müde und will nur nach Hause. Vielleicht ist Nehir ja … Nein, er sollte sich nichts vormachen. Zurück in der Dienstgarage gelingt es ihm, mit einem herumliegenden Schlauch etwas Benzin aus einem der Tankwägen abzuzapfen. Das ist zwar verboten, macht aber jeder so, sogar Kowalski. Marko ist oft genug zu Fuß nach Hause gegangen, heute schafft er den Weg nicht mehr. In der Garage ein Ticken, als hingen hunderte Uhren an der Wand. Das Geräusch kommt von dem Metall der Tankwägen, das langsam abkühlt.

»Solltest du nicht längst weg sein?«

Marko erschrickt, als er Bergers Stimme hinter sich hört. Er reißt den Oberkörper herum. »Was? Scheiße, klar. Ich bin eigentlich schon … Was machst du noch hier? Hast du den Wagen noch nicht sauber gekriegt?« Benzin liegt als dünner Film auf seinen Lippen, er hat kein Wasser zur Hand, um nachzuspülen.

»Scheiß dich nicht an«, sagt Berger und deutet auf den Kanister zu Markos Füßen. »Ich verrate dich schon nicht. Wir halten zusammen, du kannst mir vertrauen.«

»Ja, klar«, sagt Marko. »Vertrauen, immer. Danke.« Er krallt sich seine Jacke, die er vor einigen Tagen an den Haken neben der Tür gehängt hat. Berger sieht ihn verwundert an. »Ich ziehe sie nicht an«, sagt Marko und wirft sich das schwere Leder über die Schulter. »Habe sie nur gerne dabei. Fühlt sich normal an. Vertraut, verstehst du?«

Berger pfeffert den dreckigen Fetzen in einen Kübel und kommt ein paar Schritte auf ihn zu: »Wollen wir heute Abend zum Fluss? Du solltest mal wieder rausgehen, bisschen runterkommen. Tut dir nicht gut, so alleine herumzuhocken. Vor allem jetzt. Du weißt schon.«

Komm mir bloß nicht damit, denkt Marko. Nicht nach dem heutigen Tag. Er hebt die Hand, um das Gespräch zu beenden.

»Ein paar Freunde sehen, auf andere Gedanken kommen.«

Berger hat keine Freunde, ist in den zehn Jahren, die er jetzt schon hier wohnt, ein Außenseiter geblieben, doch das sagt Marko ihm nicht. »Mal sehen«, ruft er stattdessen über die Schulter und tritt auf den Vorplatz. Verdammter Benzingeschmack, könnte kotzen. Zumindest springt der Wagen wieder an, nachdem er den Inhalt des Kanisters in den Tank geleert hat.

Marko hat Hunger, doch die Fenster der Raststation sind dunkel. Wegen Wassermangel vorübergehend geschlossen, liest er im Vorbeifahren. Es war das letzte Lokal, das er ohne Umweg erreichen konnte. Die ganze Stadt ist mittlerweile mit diesen Schildern tapeziert. Manche von ihnen hängen schon seit Jahren in den Fenstern, andere sind erst in den letzten Wochen dazugekommen. Auch der Laden zwei Seitenstraßen weiter hat die Rollläden längst nach unten gezogen. Noch besser planen, denkt Marko, noch mehr Arbeit.

Er könnte im Stehen einschlafen, als er endlich zu Hause ankommt. Im Schuppen neben dem Grundstück hat er noch einen Kanister Benzin gehortet, der muss ihn die nächsten Tage über die Runden bringen. Es dauert eine gefühlte Ewigkeit, bis die Flüssigkeit gluckernd im Tank verschwunden ist. Ein paar Stufen und er schließt das Gartentor auf. Es ist ein kleines Haus, Marko kann gleichwohl froh sein, dass er es noch erhalten kann. Das Holz an den Wänden ist abgesplittert und morsch, die Fliesen auf den Treppen wackeln. Er setzt jeden seiner Schritte genau, um nicht eine weitere vom Absatz zu lösen. Er bräuchte ein paar Wochen Urlaub, um das Haus wieder auf Vordermann zu bringen. Zeit und Geld. Und doch fühlt er nichts als Liebe für das Haus, von dem er jede Ecke kennt wie seinen eigenen Körper, auch wenn Nehir mit dem Ergebnis nie zufrieden war.

Ein Quietschen zerreißt die Luft, als er die schwere Eingangstür aufdrückt. Im Vorbeigehen schnappt er den Müllbeutel, der seit Tagen im Vorzimmer steht. Das schwarze Plastik bewegt sich, als er es hochhebt, verändert seine Form. Er packt den Beutel zwischen Daumen und Zeigefinger, aus dem Inneren hört er ein Rascheln und Schaben. Ohne hinzusehen, knallt er den Müll auf die Terrasse. Wenn das Plastik reißt, hat er die Maden zumindest nicht im Haus. Er hängt die Jacke an die Garderobe, streift sich die Schuhe von den Füßen.

In den Küchenschränken findet er nur getrocknete Früchte und hartes Brot. Der Kühlschrank bleibt dunkel, als er die Tür öffnet. Schnell greift er nach dem ersten Ding, das er zwischen die Finger bekommt und knallt die Kühlschranktür wieder zu, damit die kühle Luft nicht entweicht. Ein Blick auf die Verpackung: Linsen mit Speck. Marko isst hastig und ohne Freude, die verschmierte Plastikschüssel wischt er mit Zeitungspapier sauber, um nicht noch mehr Ungeziefer zu züchten. Die Gabel wirft er in die Spüle. Ein Klacken, Metall auf Metall. Aus dem Abfluss Gestank wie schlechter Atem, noch beißender als die Tage zuvor. Marko fährt mit der Zunge über seine Zähne. Es ist wieder mal an der Zeit.

Er muss sich an der Wand abstützen, während er ins Badezimmer wankt. Dort versucht er, nicht in den Spiegel zu sehen, als er den Wasserhahn aufdreht. Aus den Leitungen kommt nur ein erbärmliches Röcheln. Hätte gestern die Wanne volllaufen lassen sollen. Das ist doch peinlich. Ausgerechnet ich. In der Tür des Kühlschranks findet er noch eine Flasche Mineralwasser. Viel zu teuer. Marko nimmt sie dennoch, geht damit zurück ins Badezimmer und steckt sich die Zahnbürste in den Mund. Die Borsten reißen sein trockenes Zahnfleisch auf, die Zahnpasta brennt in den Wunden. Er schmeckt das Blut, metallen und warm. Die Flüssigkeit prickelt unangenehm, als er damit ausspült und in ein Glas spuckt: Wasser, Zahnpasta und Blut. Er steht vor dem Klo und pinkelt. Ein Gefühl, als müsste er Kieselsteine durch seinen Schwanz drücken. An den Schmerz wird er sich nie gewöhnen, er kann nur die Zähne zusammenbeißen. IF IT'S YELLOW LET IT MELLOW. IF IT'S BROWN FLUSH IT DOWN. Das alte Metallschild an der Wand unter dem Fenster, erleuchtet vom Licht des Mondes, das mittlerweile durch die Milchglasscheibe scheint. Noch ein paar Tropfen Urin fallen in die Schüssel, dunkel wie Bernstein. Dann greift Marko das Zahnputzglas und leert die Flüssigkeit in die Muschel, seine Pisse und die Zahnpasta ergeben eine beißende Mischung. Er beobachtet, wie sie am Porzellan entlang nach unten läuft, fischt ein Handtuch vom Stapel und reibt seinen Körper trocken. Seine Haut brennt. Vorsichtig löst er kleine Fetzen von der Nase, von den Schultern. Aus dem Wäschekorb neben der Toilette zieht er ein paar T-Shirts hervor, riecht daran und zieht sich schließlich jenes über den Kopf, das am wenigsten muffelt: HOLLYWOOD. Ein aufgebügelter Sonnenaufgang, mittlerweile ausgeblichen.

Die Linsen saugen alles Blut in Markos Magen, doch bevor er sich ins Bett legen kann, muss er noch die Übungen für seinen Rücken machen. Er kommt sich lächerlich vor, wie er da am Boden liegt, die Beine angewinkelt, und langsam von links nach rechts schaukelt, wie er das Becken hebt, sich einrollt, einen Katzenbuckel macht und den Rücken durchstreckt, Arme und Beine langgezogen. Er fühlt sich krank, alt und schwach. Aber er vollführt die Übungen mit einer stoischen Haltung. Wenn er sich heute nicht dazu zwingt, kommt er morgen nicht auf die Beine. Mühsam richtet er seinen Körper wieder auf, schlurft endlich ins Schlafzimmer. An den Fußsohlen spürt er das zersplitterte Holz des Bodens. Er nimmt den Wasserkrug vom Nachtkästchen und gießt etwas abgestandene Flüssigkeit in den Topf der Pflanze, die neben dem Kopfpolster steht. Ein im Grunde hässliches stacheliges Ding mit braunen Spitzen. Das bisschen Wasser wäre in seiner Kehle besser aufgehoben als im trockenen Boden, aber er hat das Ding irgendwie durch die letzten Hitzewellen gebracht, er kann jetzt nicht einfach aufhören, sich darum zu kümmern. Innerhalb von Sekunden ist er eingeschlafen.

Im Halbschlaf nimmt Marko die Figur am Fußende des Bettes wahr. Sie zieht an seinen Beinen, streicht mit den Fingern langsam über seine Fußsohlen. Er reißt die Augen auf und ruft fragend ihren Namen, doch sie spricht kein Wort, sieht ihn nur an wie ein Metzger ein Stück Fleisch. Abwägend und kalt. Ihre dunkle Haut hat einige rote Flecken und Insektenstiche. Das Muttermal kommt ihm vertraut vor, ebenso die Narbe über der Oberlippe. Marko will etwas sagen, doch seine Zunge klebt am Gaumen fest, er bekommt die Worte nicht über die Lippen. Sei mir nicht böse, denkt er. Wir konnten beide nicht anders.

Von einer Sekunde auf die andere beginnt die Frau mit ihren Fäusten gegen das Fußende des Bettes zu schlagen. Wie die Durstige auf die Motorhaube des Tankwagens. Wahnsinnig, immer schneller und schneller. Tok-tok-tok. Das Gesicht der Durstigen verschmilzt mit dem Gesicht der Frau vor ihm. Augen, Nasen und Münder wachsen ineinander, während das ganze Bett bebt. Blut spritzt aus den Fäusten der Frau.

»Hör auf«, wimmert Marko endlich. »Ich kann doch nichts dafür. Du hast nie mit mir gesprochen. Kein einziges Mal. Bırak!«

Endlich wacht er auf. Schweißüberströmt liegt er in völliger Dunkelheit, nicht einmal die Wände des Schlafzimmers kann er erkennen, er befindet sich im absoluten Nichts. Ich bin blind, denkt er, bis endlich das kleine rote Licht seines Weckers aufleuchtet und ihm etwas Orientierung spendet. Die Dinge, die tagsüber klar und deutlich vor ihm liegen, verlieren im fahlen Licht der Nacht ihre Konturen. Leise und verschämt ruft Marko den Namen seiner Frau: »Nehir!« Keine Antwort. Natürlich nicht, was habe ich mir gedacht. Die Flügel des Ventilators flattern wie eine zwischen die Fahrradspeichen gesteckte Spielkarte. Marko greift nach dem Telefon neben dem Bett, zieht das Ladekabel heraus und wischt über das Display. Er wählt die Nummer, nach wenigen Sekunden hört er die gewohnte Nachricht. *Die von Ihnen gewählte Rufnummer ist derzeit leider nicht erreichbar.* Ein Plop, und das Telefon gleitet zurück auf den Boden. Marko spürt ein Ziehen im Rücken, es beginnt in seinem Nacken und läuft nach unten, bis in seine Zehenspitzen, als er die Beine aus dem Bett dreht. Einige Sekunden bleibt er still sitzen, dann drückt er die Fäuste in die Matratze und richtet sich auf.

Im Wohnzimmer klappt er den Laptop auf. Er will die Zeit nutzen, solange Strom durch die Leitungen fließt. Zwei Klicks, und der Suchverlauf baut sich vor ihm auf. Marko kann ihn mittlerweile auswendig, und doch beruhigt es ihn, die Worte vor sich zu sehen. Sie zu lesen ist zu einem Ritual geworden, einem Ritual, das er gewissenhaft ausführt, ohne seinen eigentlichen Zweck zu kennen. Zumindest verlangsamt es seinen Puls, gibt ihm Ruhe. Er spricht jeden Suchbegriff laut aus: **Brunnen. Verteilungsplan. Kochrezepte. Güzergâh**. Manche Begriffe stammen von ihm, die meisten von Nehir. **Videos Süden. Gemüse haltbar machen. Verkauf. Tauschbörse**. Der Suchverlauf konserviert die Zeit mit Nehir. Und dann, ganz am Ende: **Sinir. Ülkeden. Çikiş. Aile birleşimi**. Mit einer schnellen Bewegung klappt er den Laptop zu, genau diese Geschichte von ihr will er heute nicht hören.

Die Luft auf der Terrasse ist immer noch warm und stickig, der Himmel schwarz und sternenklar. Rund um das Haus herrscht absolute Stille, Marko hört nur das Summen der Generatoren auf den Nachbargrundstücken und das Schaben der Maden im Müllbeutel. Er lehnt sich an die leeren Blumentröge, kein Lufthauch ist zu spüren. In der Ferne eine Frauenstimme: »Rocko!« Gebetsmühlenartig ruft sie diesen Namen. Rocko könnte ein Hund sein oder ein Mann. Zehn Minuten später hallt der Name noch immer durch die Gegend. Die Nacht ist schier endlos, die Luft ohne Bewegung. Das Atmen fällt schwer. Marko hört jeden seiner Atemzüge als leises Pfeifen im Brustkorb. Es ist eine Hitze, die jede Hoffnung auf Abkühlung absurd erscheinen lässt. Eine Hitze, an die er sich nie gewöhnen wird, in hundert Jahren nicht, obwohl sie sich tief in seinem Körper einnistet.

Zurück im Schlafzimmer stehen die Flügel der Ventilatoren wieder still, der Lichtschalter gibt nur ein Klick-Klack von sich. Es dauert Stunden, bis er wieder einschläft.

Am nächsten Morgen erwacht er spät, er hat keinen Dienst. Das Sonnenlicht, das durch die Ritzen der Jalousie in sein Schlafzimmer dringt, ist seltsam gedämpft, wie Honig. Marko strampelt mit den Beiden die dünne Decke nach unten, ohne die er trotz der Hitze nicht schlafen kann. Er dreht sich zur Seite, die Haut saugt sich sofort am trockenen Stoff auf der leeren Betthälfte fest. Einige Momente bleibt er so liegen, den Kopf fest in das noch kühle Kissen gedrückt, bevor er aufsteht. Mit einem Ruck zieht er die Jalousie nach oben.

Regen.

Sein Magen hüpft vor Freude, wie in einer Achterbahn.

Endlich Regen.

Doch dann fällt ihm auf, dass die Tropfen in der Luft schweben, anstatt zu Boden zu fallen. Sie flirren vor seinen Augen, glänzen grauschwarz. Für einen kurzen Moment wird Marko schwindlig, schließlich begreift er: Es ist Asche, die zu Boden regnet. Kleine, heiße Aschepartikel, die auf den Ästen der Bäume, auf den Dächern der Häuser, auf den Fensterscheiben der Autos liegen bleiben und die Landschaft in eintöniges Grau tauchen. Ein heißer Luftzug wirbelt sie in alle Richtungen, die Luft riecht nach verbranntem Holz.

Bitte nicht schon wieder. Nicht so nah.

Er greift nach seinem Telefon. Stromsparmodus: noch fünf Prozent. Auf der Terrasse endlich auch Empfang.

»Bitte, was ist mit dir? Weißt du nicht, wie spät es ist? Wir haben heute doch kein Dienst.« Bergers Stimmt klingt belegt und heiser.

»Krieg deinen Arsch hoch und schau aus dem Fenster«, befiehlt Marko. »Sofort.«

»Fuck!«

Ohne Punkt und Komma pflanzen sich die Schimpfwörter ins Unendliche fort. Erst nach einiger Zeit bekommt Marko einen geraden Satz heraus: »Was glaubst du? Schon wieder ein Idiot auf der Suche nach Aufmerksamkeit? Als wäre es letztes Jahr nicht schon schlimm genug gewesen. Was stimmt nicht mit diesen Menschen?«

Eine Weile schweigen sie, dann sagt Berger: »Sieht schlimm aus, sogar von hier. Bekommen wir das wieder in den Griff?«

Marko sieht Berger förmlich vor sich, wie er leise den Kopf hin und her wiegt. »Natürlich«, sagt er und gibt sich Mühe, seine Stimme sicher und fest klingen zu lassen. »Wir haben schon Ärgeres bewältigt. Letztes Jahr hat es doch bis zu den Auen alles niedergebrannt. War auch irgendwann vorbei.«

Wie Nebel liegt die Asche in der Luft, dämpft die Kraft der Sonne, weshalb es etwas kühler ist als noch am Vortag.

»Du bist gestern nicht gekommen.«

»Hatte was zu erledigen. Musste mich …«

Der Hof, platzt es in Markos Kopf auf. Er sieht ihn vor sich, den Wald gleich dahinter. »Hör zu, ich muss Schluss machen«, ruft er ins Telefon.

»Kommst du zumindest heute Abend?«

Marko legt auf und dreht sich zur offenen Tür. »Ich muss sofort zu Norbert. Los, beeil dich«, ruft er ins Innere des Hauses. Kaum hat er die Worte über die Lippen gebracht, fällt ihm alles wieder ein. Wütend über sich selbst wählt er Nehirs Nummer, die er immer noch auswendig kann. *Die gewählte Rufnummer ist …* Ein Griff in die Schale, die auf der Ablage neben der Tür steht, und er hat den Ehering zwischen den Fingern. Jenen von Nehir in einer kleinen Werkstatt selbstgeschmiedeten Ring, der ihn mit seinen ausgefallenen Verzierungen an den Stil seiner Frau erinnert, weshalb er den Anblick kaum aushält. Ohne genauer hinzusehen, schiebt er ihn über den geschwollenen Knöchel, springt die Stufen nach unten und zieht sich sein Hemd über Nase und Mund.

Mit einem Schwung des Arms wischt er die Asche von der Windschutzscheibe und streift die graue Paste an seiner Hose ab. Über den Baumwipfeln sieht er eine Rauchsäule aufsteigen. Zu nahe, um sich keine Sorgen zu machen, noch weit genug entfernt, um nicht sofort Vorkehrungen treffen zu müssen. Meist hat die Feuerwehr die Brände gut im Griff, auch wenn nicht viel mehr getan werden kann, als sie unter Kontrolle zu halten. Die Feuerwehrmänner haben eine atemberaubende Geschicklichkeit darin entwickelt, die Brände mit wenig Wassereinsatz zu bekämpfen. Marko lässt seinen Blick die rot erleuchtete Rauchsäule entlang nach unten gleiten und steigt in sein Auto.

Der Wagen muss sich durch Luft kämpfen, dicht wie Gelee. Erst nach einiger Zeit bietet ein Waldstück etwas Schatten, doch die letzten Kilometer zum Hof führen wieder an unfruchtbaren Feldern vorbei, deren Erde in tiefen Furchen aufgerissen ist. Der Bauernhof sieht aus wie alle Höfe hier in der Gegend. Als überdimensionales L liegt er in der Landschaft, auf der kurzen Seite die Wohnräume, auf der langen die schon seit Jahren nicht mehr genutzten Wirtschaftsräume. Marko lenkt den Wagen an den ehemaligen Stallungen entlang. Im Vorbeifahren blickt er durch die offene Scheunentür und sieht wie immer das Vieh vor sich, das früher aufgereiht hier stand. Geruch von Heu und Kuhscheiße in seiner Nase. Er parkt den Wagen unter dem morschen Vordach. Die Erde ist festgetreten und trocken, nur nicht totzukriegendes Unkraut zwängt sich durch die Risse, das einzige Grün weit und breit. Entlang der Stallwand eine Hand voll herabgefallener Dachschindeln, die gestern noch nicht hier lagen. Ohne zu zögern, geht Marko auf das Tor zu, wenngleich er unruhig wird beim Gedanken daran, was ihn im Inneren erwartet. Er hebt den Deckel vom Postkasten. Seit gestern nur Flugblätter und ein Brief. Er knüllt das Papier in seiner Faust zusammen, stößt das Tor auf und steigt die paar Stufen zur Terrasse nach oben. Auf dem Handlauf der Treppen liegt eine dicke Schicht Asche, Norbert hat das Haus heute also noch nicht verlassen.

Nachlässig wirft Marko die Post auf den Stapel, der sich neben der Tür angesammelt hat, als ihm der Schriftzug auf einem der Flugblätter ins Auge fällt.

Es gibt genug Wasser. Verschwende es. Nimm ein Vollbad.

Er greift das Stück Papier, doch nirgendwo findet er einen Namen oder Absender, das Flugblatt muss in der Nacht verteilt worden sein. Die Leute drehen wirklich jedes Jahr früher durch, denk er und lässt das Blatt zurück auf den Stapel gleiten, als ihm die Handschrift auf dem zuoberst liegenden Briefkuvert ins Auge springt: Melde dich bei mir. Egal, was du brauchst. Ein Gespräch. Tabletten. Verbände.

Im Vorraum ist es dunkel, die Holzläden vor den Fenstern sind geschlossen, so hat Marko den Hof gestern verlassen. Er kann sich nicht überwinden, sofort die schwere Tür zum Schlafzimmer zu öffnen, deshalb macht er zunächst seinen gewohnten Rundgang durch das Haus. Er weiß, welchen Raum er als Erstes kontrollieren muss. Die Tür befindet sich gleich neben dem Eingang, Marko packt die Klinke und zögert einen Moment, bevor er einen Blick ins Klo wirft. Er ist es gewohnt, dass ihm der Gestank aus der Muschel eine Ohrfeige gibt, doch heute sind die Fliesen nicht vollgeschissen. Gott sei Dank. Im Wohnzimmer pfeffert er eine leere Flasche in einen Karton, in der Küche lehnt das angetrocknete Geschirr wie am Tag zuvor in einer Plastikschüssel, er hatte keine Zeit mehr, es vor seinem Einsatz sauber zu wischen. Die restlichen Zimmer bis auf das Schlafzimmer sind schon lange nicht mehr bewohnt. Marko steht unschlüssig vor der alten Anrichte. Er hat nichts mehr zu erledigen, doch er braucht noch einen Moment, bevor er Norbert gegenübertreten kann.

Widerstrebend öffnet er Minuten später die Tür zum alten Elternschlafzimmer und findet seinen Bruder wie gewohnt unter einer dicken Decke im Bett liegen. Norbert ist kalt, wenn er getrunken hat, obwohl die Laken unter ihm jedes Mal durchgeschwitzt und nass sind, wenn Marko sie wechselt. Er öffnet die Holzläden einen kleinen Spalt breit, damit etwas Helligkeit ins Innere dringt, doch das Licht ist matt. Asche hat sich auf den Fensterscheiben festgesetzt und das Glas verschmiert.

»Norbert«, sagt er mit kräftiger Stimme. »Komm schon.«

Sein Bruder bewegt sich nicht.

»Wach auf, es wird Zeit.«

Ein Grunzen, mehr nicht.

»Stell dich nicht so an. Du hast schon mehr gesoffen.«

Marko legt die Arme um den Nacken seines Bruders. Norbert versucht zwar ihn abzuschütteln, aber er versucht es nur halbherzig, lässt sich schließlich doch hochhieven.

Der Körper seines Bruders ist schwer, Markos Hände rutschen immer wieder ab. Mühsam setzt er seinen Bruder auf und beginnt mit der Untersuchung: Oberkörper, Arme, Unterkörper, Beine. Norbert ist oft krank, kleine Verletzungen entzünden sich, Insektenstiche werden zu riesigen Abszessen, die aufgeschnitten werden müssen. Sein Körper hat keine Kraft mehr, um gegen Verletzungen anzukämpfen. Mehr als einmal hat Kali ihm dabei geholfen, seinen Bruder zu verarzten. Es ist unmöglich, Norbert in ein Krankenhaus zu bringen. Doch heute ist alles in Ordnung, sogar der Rotlauf auf den Unterschenkeln bessert sich langsam.

»Verdammt nochmal. Lass mich einfach schlafen«, knurrt Norbert. Eine Stimme, als hätte er mit Nägeln gegurgelt.

Marko verzieht angewidert das Gesicht.

»Riecht geil nach Schnaps, nicht?«, sagt sein Bruder. »Hast wohl gedacht, du hättest alles weggeschüttet.«

Norberts Haare stehen wirr nach allen Seiten ab. Marko streicht sie glatt, und sein Bruder lässt es geschehen, ohne sich zu wehren. Vorsichtig greift Marko mit beiden Armen unter Norberts Achseln, packt ihn und zieht ihn nach oben. Einen Moment stehen sie so da, als würden sie einander umarmen, dann lässt Marko seinen Bruder los, behält seine Arme jedoch links und rechts von seinem Körper. »Einen Fuß vor den anderen«, sagt er und denkt: Fall bloß nicht um, ich bekomm dich sonst nie mehr hoch.

Nach der mühevollen Prozedur sitzen sie endlich nebeneinander im Wohnzimmer. Norberts Gesicht wirkt noch aufgedunsener als am Tag zuvor, seine Nase ist geschwollen und mit einem roten Netz an Äderchen überzogen, seine Lider senken sich wie fleischige Hautlappen über die glasigen Augen. Darüber zwei Brauen, so buschig, als hätte er Zahnbürsten im Gesicht. Er gähnt, ohne sich die Hand vorzuhalten, seine Zunge ist mit weißem Pelz überzogen.

»Was hast du gestern gemacht?«, fragt Marko.

»Na was schon. Radio gehört, was sonst. Weißt du doch. Glaubst du, ich war Fußballspielen?«

»Hast du wieder angerufen?« Marko greift nach dem Handtuch, das auf der Rückenlehne des Sofas liegt, und wischt damit über Norberts Gesicht, Rotz klebt an seiner Oberlippe.

»Na, darauf kannst du dich verlassen. Hast du die Verlautbarungen nicht gehört? Tageweise Rationierungen. Aber denen habe ich es gegeben. So richtig schön den Marsch geblasen. Hättest du hören sollen. Aber was rede ich, du schaltest ja nie ein. Habe sogar meine Moderatorin erwischt. Die ist verliebt in mich, sage ich dir. Kann ja nichts für die Scheiße, die sie vorlesen muss. Hab mir trotzdem ein Lied gewünscht am Ende. Hat sie sogar gespielt.«

»Du sollst nicht immer anrufen. Das haben wir doch besprochen.«

»Was soll ich sonst machen? Du warst ja nicht hier.«

»Natürlich war ich hier«, sagt Marko. »Vor dem Dienst. Ich habe den Wassertank desinfiziert. Weißt du nicht mehr?«

Sein Bruder kneift die Augen zusammen, als könne er sich so besser erinnern, doch sein Blick verrät nichts. »Klar«, sagt er gedehnt. »Natürlich. Ich habe nur kurz nicht …«, er bringt den Satz nicht zu Ende, lässt den Kopf vor und zurück fallen. »Klar warst du hier.«

Marko betrachtet die große Narbe an Norberts Hals, die sich wie eine Schlange vom Schlüsselbein bis hinauf zum Kinn zieht. Als Kind grauste ihm vor der dicken, weißen

Linie und auch jetzt noch verursacht sie ein Unwohlsein in seinem Magen. Er erinnert sich an das Gefühl auf den Fingern, wenn er Salbe in die Haut der Narbe massieren musste, um sie weich zu machen.

»Es brennt schon wieder«, sagt Marko. »Muss im Wald hinter dem alten Industrieviertel sein. Weit genug weg. Noch.« Er erzählt, wie er morgens die Rauchsäule am Horizont stehen sah, die flirrende Asche in der Luft und das graue Licht. »Ich werde am Abend hinauffahren.«

»Ist der Weg noch frei?« Endlich dreht Norbert sich zu ihm.

»Ja, bis zur Jägerhöhle müsste man es schaffen. Zumindest zu Fuß. Der Rest ist sicher noch verschüttet.«

»Die Jägerhöhle. Wie oft ich dort gevögelt habe. Mit dem Auto rauf, der Blick über die Stadt, und trotzdem kann dich keiner sehen. An irgendeinem Baum müssten die Furchen noch zu sehen sein. Habe für jede Muschi eine hineingeritzt.«

»Was für eine herzerwärmende Erinnerung. Behalt sie in Zukunft trotzdem für dich.«

»Kannst du dich an Marina erinnern? Die Rothaarige …«

»Willst du nicht mitkommen?«, beendet Marko die Erzählung seines Bruders. »Abends ist es nicht so heiß. Wir könnten gemeinsam hin. Du musst mal wieder aus dem Haus. Ein bisschen …« Noch bevor er den Satz beenden kann, ergießt sich ein Schwall an Beschimpfungen über ihn. Marko hält einfach still, wie immer.

Sein Bruder kriegt sich nicht mehr ein, knallt die Faust auf den Tisch. »Hör auf, mich wie ein kleines Kind zu behandeln. Sonst wirst du mich erleben. Ich kann schon für mich selber sorgen. Du bist nicht mein Vater. Ich bin derjenige, der für dich gesorgt hat, nicht umgekehrt.« Erst als Norbert sich erschöpft zurückfallen lässt, beugt Marko sich nach vorne und wischt ihm die Spucke vom Mund. Blitzschnell greift Norbert nach seiner Hand, Marko zuckt zurück, doch Norbert erwischt seinen Unterarm, zieht ihn zu sich, presst Markos Hand fest an sein Gesicht und drückt einen Kuss auf die Knöchel.

»Du solltest etwas essen«, sagt Marko nur. »Sieh dich einmal an.«

»Ich darf nicht fett werden.« Norbert fährt mit den Fingern den Abdruck seiner Rippen am Brustkorb nach. »Mein Herz schonen, meine Arterien mal so richtig durchputzen. Hat Kali doch gesagt.«

»Wenn du noch dünner wirst«, schnaubt Marko und zieht seinem Bruder das Shirt nach unten, »dann schiebt sie dir einen Schlauch durch die Nase und ernährt dich künstlich.«

»Ach komm«, winkt Norbert ab. »Ich habe gestern Abend eine Scheibe Brot gegessen.«

»Als wäre das viel.«

»Ich bin einfach zu müde.«

»Du bist nur müde, weil du nichts im Magen hast.«

»Es schmeckt alles bitter, was ich in den Mund nehme. Egal, was.«

Der Gedanke an eine neue Krankheit taucht in Markos Kopf auf, an ein neues Symptom, doch er unterdrückt die Sorge. Ein Schritt nach dem anderen, ich kann mich nicht um alles gleichzeitig kümmern.

In der Küche dreht Marko den Wasserhahn auf, doch wieder kommt nur Röcheln aus der Leitung. Der Wassertank, den er eingebaut hat, steht am Ende des Flurs im

Abstellraum. Er ist leer. »Warum hast du den Tank gestern nicht wieder vollllaufen lassen?«, ruft er ins Wohnzimmer, doch als Antwort bekommt er nur ein Brummen. Zumindest etwas, das uns verbindet, denkt er. Zu vergesslich für diese Welt. Die Lebensmittel auf den Regalen sind noch zu essen, auch wenn die Kartoffeln schon Triebe bekommen haben. In der Ecke stehen ein paar Flaschen Mineralwasser. Marko hat keine andere Wahl, er muss den Dreck vom Geschirr bekommen. Zurück in der Küche schnappt er zwei Teller. Nur ein, zwei Tropfen gießt er auf das Porzellan, dann wischt er die schmierige Oberfläche mit den Fingern sauber, mit einem Küchentuch trocken. Ein Dreher an der alten Kochplatte, sie funktioniert. Zumindest Strom ist also da. Die glühenden Platten heizen den Raum noch weiter auf, aber sein Bruder braucht etwas Warmes im Magen, also schneidet Marko Zwiebel und Kartoffeln, schaufelt alles in eine Pfanne und gießt etwas Öl dazu. Sofort dringt Dampf in seine Nase.

»Heulst du?«

Er zuckt zusammen, als er Norberts Stimme hinter sich hört. »Das sind die Zwiebel. Ich mache Suppe.« Er gießt die Kartoffel auf. Einige Spitzer kochenden Wassers landen auf der ledrigen Haut seiner Unterarme.

»Bei der Hitze. Du spinnst ja.«

»Kartoffelsuppe.« Marko zerquetscht die Würfel mit einer Gabel.

»Ich habe deine Pampe noch nie gemocht.« Norbert beugt sich nach vorne, riecht am heißen Dampf. Ein paar Tropfen Schweiß fallen in die Suppe.

»Wovon redest du? Es ist deine Lieblingsspeise. Musste ich als Kind immer für dich machen. Während du arbeiten warst.«

»Du bist ein lausiger Koch. Sieh dich doch an.« Norbert sticht seinen Finger in Markos Rippen. »Dürr wie ein Knochenmann. Willst dein Gepantsche ja selbst nicht essen.«

»Erzähl du mir bloß nichts von Dünnsein.«

Marko gießt die Suppe in die Teller, trägt sie ins Wohnzimmer und stellt sie auf den Holztisch, der inmitten des Raumes thront. Ein mehrere Meter langes Ungetüm aus der Zeit, als sein Bruder noch Kraft für solche Arbeiten hatte. Er klatscht den Löffel in die Suppe.

»Ein bisschen Fleisch«, jammert Norbert und stiert in den Teller. »Frisches Gemüse. Tomaten vielleicht, weißt du, schön fett und rot. Oder ein paar Pilze. Das würde ich schon essen. Aber den Brei hier. Na ja, der Hunger treibt ihn runter. Trotzdem könnte Nehir dir ein paar Dinge beibringen. Muss ich ihr sagen, wenn sie das nächste Mal kommt.«

Nicht schon wieder, denkt Marko.

»Sie ist schon lange nicht mehr hier gewesen.«

»Iss endlich«, unterbricht Marko ihn. Er spürt eine Wut in seinem Magen, die er nur schwer unterdrücken kann. Nicht schon wieder Nehir. Bei jedem Besuch. Dabei kann sein Bruder ja nichts dafür.

»Musst dir keine Sorgen machen«, sagt Norbert. »Ich weiß, wie scharf ich aussehe. Aber ich mache sie dir schon nicht abspenstig.« Er streicht die Haare an seinem Kopf glatt, fährt mit den Daumen über seine Augenbrauen. »Bros before …«

»Hör sofort auf«, sagt Marko bestimmt. »Und sei endlich still.« Dabei denkt er: Selber schuld, wenn du den Mund nicht aufbekommst. »Was redest du von Nehir? Sei froh, dass ich zu dir komme. Sieh dich mal um.«

»Weißt du noch, wie ich die Tiere zugekauft habe?«, beginnt Norbert, als hätte er Markos Worte überhaupt nicht gehört. »Um mehr Geld zu verdienen? Und wie sie dich in der Schule verspottet haben? Kuhhirte, haben sie gesagt. Und: Bauerntrottel.« Er lässt die Fäuste auf die Holzplatte krachen. »Diese Idioten haben nichts verstanden. Gar nichts. Genau wie du.«

»Wieso erzählst du mir das jetzt?«

»Wie hat der kleine Arsch geheißen, der dich immer verprügelt hat? Kowalski. Richtig. Kowalski.« Die Narbe an Norberts Hals pulsiert. »Keine Ahnung von irgendwas, aber Geld. Die Eltern genauso missraten wie er. Aber dem habe ich es gegeben. Ha!«

Kowalski hat Marko danach noch mehr drangsaliert als zuvor. »Dauernd diese alten Geschichten«, wiegelt er ab.

»Ich wollte immer nur das Beste für dich. Nicht diesen ganzen Dreck. Ich weiß doch selber, was für eine Scheiße das hier ist. Aber was soll ich machen? Kannst du mir das verraten?«

Marko wischt den Löffel an seiner Hose ab, legt ihn behutsam neben den Teller, dann streicht er mit den Fingern über seine Lider, wartet einen Moment und sagt schließlich ganz ruhig: »Weißt du noch, was du mir immer eingebläut hast? Du hast nur drei Möglichkeiten. Du kannst schreien, abhauen oder in die Hände spucken und mitanpacken.« Er konzentriert sich, um sich von seinen eigenen Worten zu überzeugen. »Du musst nur den Arsch wieder hochkriegen und dir endlich Hilfe suchen. Das Geld kratzen wir schon zusammen. Jemand, der den Anbau ein bisschen besser plant, die Pflanzen besorgt. Ein neues System, irgendwann. Ein paar trockene Jahre, mehr nicht.«

»Trockene Jahre? Was für ein Unsinn«, sagt Norbert und rümpft die Nase. »Ich war noch nie trocken.« Blitzschnell dreht er sich herum, reißt eine Lade des Küchenschranks auf und zieht eine Flasche hervor. Er riecht am Verschluss, als wäre die durchsichtige Flüssigkeit teurer Wein. »Willst du auch einen Schluck?«, fragt er und zieht mit einem tiefen Grunzen Rotz aus seinem Rachen.

»Wo du das Zeug immer versteckst.«

Norbert setzt die Flasche an seine Lippen, nimmt einen kräftigen Schluck. »Selbstgebrannt.« Er unterdrückt ein Aufstoßen. »Sagen wir so: von Freunden.« Noch bevor Marko etwas antworten kann, hält Norbert ihm die Flasche vors Gesicht.

»Verdammt, dafür brauchst du ja einen Waffenschein. Da sind doch keine Früchte drinnen.«

»Gibt ja keine Früchte mehr.« Norbert lacht laut auf. »Schmeckt man auch. Brennt wie Spiritus. Hilft aber, wenn alles immer schlimmer wird.« Er nimmt noch einen Schluck, als wäre es kaltes, klares Wasser.

Ich kann dir nicht mehr zusehen, denkt Marko. Nicht schon wieder.

Er steht auf, ohne weiteren Kommentar. Nachdem er die Schmutzwäsche in die Waschküche gebracht hat, zieht er das feuchte Laken von der Matratze und hängt es vor den alten Wirtschaftsräumen an eine Leine. Vom Schatten aus sieht er dem fleckigen Tuch beim Trocknen zu.

Zurück im Wohnzimmer lässt er sich neben Norbert auf das Sofa fallen. Die Flasche liegt halb leergetrunken in der Ritze zwischen den Polstern. »Spiel doch ein bisschen für mich«, bittet er seinen Bruder und zeigt auf das Piano in der Ecke. »Das bringt mich auf andere Gedanken.«

»Da taugen meine Hände nicht mehr dazu.« Norbert streckt sie Marko entgegen. Es sind große, zerfurchte Hände mit gelben Nägeln und Haaren auf den Knöcheln. Die Hände eines alten Mannes. »Mit den Kartoffelfingern treffe ja nicht einmal mehr die Tasten.«

»Du hast immer so schön gespielt.«

»Ja, vor alldem hier. Vor der Arbeit. Vor dem Hof.«

»Mir gefällt es immer noch.«

»Weil jede Musik sentimental ist. Das magst du.«

»Davon verstehe ich nichts. Komm, spiel. Damit es besser wird.«

Zögernd steht Norbert auf, fischt die Schnapsflasche zwischen den Polstern hervor. Er geht zum Piano, stellt die Flasche auf den Boden und setzt sich. Dann beginnt er zu spielen. Zuerst kommt es Marko chaotisch vor, sein Bruder drischt auf das Piano ein, lässt die Finger von hoch oben auf die Tasten fallen, ohne dass darin eine Systematik erkennbar wäre. Marko glaubt nicht, dass so Musik entsteht, doch dann nimmt er einzelne Töne wahr, die zueinanderfinden, Melodien, die sich aus dem Chaos formen. Just in dem Moment hört sein Bruder zu spielen auf, nimmt die Finger von den Tasten und lässt die Hände über ihnen schweben. Dann nimmt er einen Schluck Schnaps und wartet, ohne ein Wort zu sagen. Marko hält still, er hofft auf ein Wiederkehren der Musik. Vielleicht ist Klavierspielen ja wie das Starten eines alten Motors. Da muss man den Zündschlüssel auch einige Male drehen, bevor er anspringt. Er atmet auf, als sein Bruder die Finger wieder auf die Tasten legt.

»Quizfrage: Welches Lied ist das?«, fragt Norbert.

Marko schämt sich, dass er den Namen des Musikstücks nicht weiß. Nie erkennt er etwas von dem, was sein

Bruder ihm vorspielt. Immer kommen ihm die Lieder wie neu vor.

»Na komm, streng dich an.« Norbert spielt die Melodie noch einmal. »Das Stück habe ich für dich komponiert, als du immer heulend zu mir ins Bett gekrochen bist. Erinnerst du dich nicht?« Etwas schneller kehrt dieselbe Melodie wieder. »Das kann doch nicht sein. Los, wirf deine Gehirnzellen an.«

Als Marko noch ein Kind war, hatte sein Bruder nur nachts für ihn Zeit, tagsüber arbeitete er ohne Unterlass, um den Hof zu erhalten. Doch sobald es draußen dunkel wurde, spielte er. Und Marko hatte keine Angst mehr. Wunderschöne Lieder komponierte sein Bruder für ihn, ganze Symphonien. Jetzt lässt Marko die Melodie aus Kindheitstagen auf sich wirken, wird mit jedem Ton trauriger. »Du hättest Klavierspieler werden sollen«, sagt er schließlich. »Wie geplant. Was aus dir hätte werden können. Ohne mich. Eine Berühmtheit.«

»Hör doch auf, verdammte Heulsuse«, sagt Norbert und knallt den Deckel auf die Tasten. »Dauernd diese alten Geschichten. Hast du selbst gesagt. Sieht du, deswegen spiele ich nicht mehr für dich.«

Marko verbringt den ganzen Tag bei seinem Bruder. Erst am Abend bricht er auf. »Kommst du zurecht?«, fragt er, bevor er den Hof verlässt.

»Selbstverständlich.«

Vielleicht meint Norbert es dieses Mal ja ernst.

»Das Laken ist trocken. Nimm es ab und mach das Bett.«

Norbert wirft Marko einen langen Blick zu, der ein Kräftemessen ist. Marko muss ihm standhalten, doch nach einiger Zeit dreht er sich zur Tür und drückt die Klinke nach unten: »Bis morgen.«

»Und grüß Nehir von mir«, ruft Norbert ihm nach. »Sie soll wieder vorbeikommen. Nicht vergessen. Bald. Ich vermisse sie.«

Die Sonne ist endlich verschwunden. Die Luft ist kaum kühler, aber die Hitze schmerzt nicht mehr so stark auf der Haut. In der Ferne sieht Marko die Rauchsäule, größer noch als am Morgen. Er startet den Wagen. Das Benzin sollte für die Fahrt bis zum Fuße des Hügels reichen. Von dort wird er bis zum Plateau hinaufsteigen.

Er denkt an Nehir, während er die Landstraße entlangfährt, der Rauchsäule entgegen. Er schafft es nicht, die Erinnerungen abzustellen wie sonst.

Nehir und er lernten einander kennen, als die Welt noch in Ordnung war. Zumindest dachte er damals so. Als es noch möglich war, von einem Ende der Welt zum anderen zu ziehen. Als es noch Freibäder gab, in denen man einander begegnen konnte. Eine Austauschstudentin und ein Lastwagenfahrer auf Heimaturlaub. Er sieht sie immer noch vor sich. In ihrem Badeanzug, die dunklen Haare über dem gelben Stoff. Auch jetzt hat er ihr Gesicht vor sich, als wäre sie nie verschwunden. Das Muttermal über den Lippen, die kleine Narbe. Eigentlich war Nehir zu jung, als sie sich ineinander verliebten. Und doch blieben sie zusammen. Gegen jede Wahrscheinlichkeit.

Marko hält das Lenkrad mit beiden Händen fest, der Wagen ruckelt über die Landstraße, die Absperrungen der Feuerwehr entlang. BITTE WERFEN SIE KEINE BRENNENDEN ZIGARETTEN … Der Rest des Schildes ist nicht mehr zu entziffern. Über dem Schriftzug das Bild eines Waldbrandes, kleiner als der, auf den er tatsächlich zusteuert. Die

Boxen knirschen, dann hört Marko die vertraute Stimme. Er dreht das Radio ab, als die abendlichen Verlautbarungen beginnen.

Weder Markos noch Nehirs Eltern waren anwesend, als sie Jahre später heirateten. Marko denkt an die Zeremonie, während er den Wagen über den immer holpriger werdenden Weg lenkt. Das Standesamt sieht er nicht mehr vor sich, auch an die Feier danach kann er sich kaum erinnern. Nur den Anblick Norberts hat er bis heute nicht vergessen, den stolzen Blick, den sein Bruder ihm zuwarf, als er ihm die Ringe reichte, sein Gesicht schon damals nicht mehr jung, aber noch kraftvoll und stark. Und Nehirs Tränen, weil ihre Eltern selbst zur Hochzeit nicht mehr einreisen durften. Gleich am Tag danach machte Marko sich auf die Suche nach einem neuen Job, den Hochzeitsanzug für das Vorstellungsgespräch schnell aufgebügelt. INSTITUT FÜR NOTFALLBEWIRTSCHAFTUNG. KONTROLLBESUCHE. Das Schild über der Tür. Es war die erste Zuteilung, damals noch im Nachbarschaftszentrum, doch das war ihm egal. Wenn er schon auf großer Ebene nichts ändern konnte, wollte er zumindest das Leben im Kleinen erträglich halten. Seine erste Stelle, bei der er die Adressen alter und kranker Menschen abklapperte, damals noch zu Fuß. Ich habe immer nur kleine Entscheidungen getroffen, denkt er jetzt. Nie große. Doch irgendwo zwischen diesen Entscheidungen verlor er Nehir.

Am Ende der Straße sieht Marko den Aufstieg zum Plateau bereits als kleinen Trampelpfad beginnen. Eine Handvoll Autos parkt unter den Bäumen, seiner alten Karosse kann er die Steigung auch nicht mehr antun. Er spürt das Zittern des Lenkrads, als auch der Schotterweg endet.

»Ich muss weg von hier.« So begann das letzte Gespräch mit Nehir. »Und das kann ich nur alleine. Jedenfalls nicht mit dir. Du würdest es nicht verstehen. Es ist wie bei einem faulen Körperteil. Den muss man auch abschneiden, bevor der ganze Körper betroffen ist.«

Bin ich der Körperteil oder der Körper, fragt Marko sich bis heute. Immer noch kann er sich Nehirs Weggehen nicht erklären. Keine der Varianten, die er in seinem Kopf durchgespielt hat, ergibt wirklich Sinn, jede hat ihren Fehler. Eine Zahnlücke, in die seine Zunge wieder und wieder fährt.

Er parkt sein Auto in einem niedergetrampelten Feld und öffnet die Tür. Die Motorhaube strahlt Hitze ab wie eine Kochplatte, die Lüftung klingt wie ein Helikopter.

Der erste Abschnitt zum Plateau führt flach auf das Waldstück zu. Links und rechts des Weges nur abgeholzte Flächen, auf denen der heiße Wind die trockenen Blätter vor sich hertreibt. Marko denkt an die Frühlingstage seiner Kindheit. Der morgendliche Tau auf dem frischen Gras, die ersten Blumen. Nach zwanzig Minuten gelangt er zur Abzweigung, von der ein steiler Kiesweg auf den Hügel führt, den man überall in der Stadt nur Berg nennt. Sein Atem wird schwer, jeder Schritt schmerzt, doch er kämpft sich nach oben. Jetzt bloß nicht schlapp machen. Unter seinen Sohlen knirschen Nadeln, die der Wind von den Bäumen am Rande der Lichtung herbeigeweht hat. Die Luft ist voller Insekten. Fingernagelgroße Mücken umschwirren seinen Kopf, immer wieder klatscht er sich die Hand in den Nacken, wischt das Blut mit Blättern von den Fingern. Langsam passiert er das Waldstück, das direkt vor der Lichtung liegt. Anstatt Abkühlung zu bieten, schlägt ihm die Luft wie eine Wand entgegen. Die Hitze brennt jedoch nicht wie tagsüber mit feinen Nadeln von oben auf ihn hinunter, sie strahlt vielmehr vom Waldboden ab, ist stickig und dicht. Es riecht süßlich hier, als hätte jemand Parfum verschüttet. Marko zieht ein Tuch aus seiner Hosentasche und hält es sich vor das Gesicht.

Nach einigen Minuten sieht er schließlich Flecken aus hellem Licht vor sich, wie die Reflektion eines Scheinwerfers. Er folgt den Lichtstreifen, bis sich das Plateau vor ihm öffnet. Die Feuerfront zieht sich vom Industrieviertel bis zu den nördlichen Ausläufern der Stadt. Vor dem dunklen Horizont ist die Rauchsäule als schwarzes Band sichtbar. Marko versucht Anfang und Ende des Brandes auszumachen, doch die Hitze der Flammen lässt die Luft zittern und das Bild unscharf werden. Immer mehr Löschwagen brausen auf das Feuer zu, die Wagen sind als pulsierende Punkte auf den Landstraßen zu erkennen. Er bleibt eine Weile stehen, um wieder zu Atem zu kommen. Als der Mond hinter der Rauchsäule verschwindet, wird es binnen Sekunden dunkel, trotz der Flammen.

»Scheiße, ist das schön«, hört er eine rauchige Stimme hinter sich.

Marko fährt herum, direkt vor ihm das grinsende Gesicht von Aleksander, keinen Meter von ihm entfernt. Marko stolpert ein paar Schritte rückwärts. »Verdammt, hast du mich erschreckt.«

Aleksander hebt seine Hände wie ein gefasster Verbrecher: »Ach komm, sei kein Hasenfuß.« Er trägt eine auffallend saubere Jeans, ein weißes T-Shirt und eine Mütze mit dem aufgenähten Logo eines alten Fußballvereins. Aleksander ist einer von den Menschen, die immer noch Parfum auflegen, seine Zähne hingegen sind längst gelb geworden, die

Tätowierung am rechten Oberarm verblasst. Bold eagle. Das kann Marko noch lesen. Er erinnert sich an jenen Tag, an dem Aleksander zum ersten Mal mit der Tätowierung in der Schule aufkreuzte. Du weißt schon, fetter Adler, haben sie damals gesagt und gelacht. Der Angeber der Klasse, immer zu laut, immer zu überzeugt von sich selbst. Endlich gab es etwas, womit sie ihn aufziehen konnten. Heute sieht das Vieh am Oberarm nicht mehr gut aus.

»Hätte nicht gedacht, dass du uns noch beehrst«, sagt Aleksander. »Dabei sollte man sich das Spektakel echt nicht entgehen lassen.« Er zeigt auf die Rauchsäule am Horizont. »Was für ein irrer Anblick. Verdammte Scheiße. Müsste man malen und übers Bett hängen und jeden Tag angaffen. Ich werde ganz hart zwischen den Beinen. Was ist? Man lebt nur einmal und das sieht nun mal verdammt geil aus. Oder findest du das Feuer nicht schön?«

»Ja. Wie eine Karambolage.« Marko macht ein paar Schritte auf die Klippe zu. »Wie konnte das nur wieder passieren?«

»Sicher wieder gelegt, da wette ich drauf. Genau wie letztes Jahr. Vielleicht sogar der gleiche Künstler.«

»Noch ist es weit genug entfernt«, beruhigt Marko sich selbst. »Sicher fünfzig Kilometer. Was denkst du?«

An die zwanzig Meter hoch schlagen die Flammen inzwischen und erleuchten das ausgetrocknete Flussbett und die Landschaft davor. Die Strommasten auf den Feldern werfen riesenhafte Schatten. Aleksanders Gesicht ist vom Licht der Flammen hell erleuchtet. »Du siehst aus wie eine Orange«, sagt Marko, woraufhin Aleksander sofort die Haut in seinem Gesicht zusammenquetscht, bis sie runzelig wie eine Schale wird. Marko grinst, doch dann fällt sein Blick auf den Rauch, der hinter Aleksanders Gesicht weiter und weiter über die Landschaft zieht. »Wird dauern, bis das gelöscht ist«, sagt er und Aleksander nickt. »Hoffentlich reicht das Wasser.«

Über ihnen fliegt ein Hubschrauber auf die Feuerwand zu. Das Ft-Ft-Ft der Flügelblätter klingt beruhigend und angsteinflößend zugleich. »Es gibt genug Wasser. Nimm mal wieder ein Vollbad«, rutscht es Marko heraus.

Aleksander stutzt, doch dann versteht er. »Ach so. Wie auf dem Flugblatt. Hattest du wohl auch in der Post, wie? Es gibt einfach zu viele Idioten auf dieser Welt. Aber einfallsreich sind sie, das muss man ihnen lassen. Komm, gehen wir lieber zu den anderen. Warten schon auf uns.«

Jedes Mal, wenn wieder eine Rauchsäule am Horizont aufsteigt, trifft sich eine kleine Gruppe Menschen auf dem Plateau über der Stadt, um die Brände zu beobachten und sich gegenseitig zu beruhigen, manchmal auch nur, um nicht länger alleine in überhitzten Räumen zu sitzen und vor sich hin zu brüten. Mit jedem Grad Hitze schrumpft die Stadt, rücken die Freunde von früher ein bisschen weiter zusammen. Wie ein nicht enden wollendes Klassentreffen. Als Marko auf die Lichtung zugeht, sind alle schon versammelt. Sie stehen beieinander wie zu Schulzeiten, nur zehn Kilo leichter und zwanzig Jahre älter. Gleich neben dem Trampelweg, der quer über das Plateau zu einer Baumgruppe am Rand führt, steht Imre, ein bulliger Mann, das Gesicht immerzu rot, ein Bauch wie eine Kugel, als Einziger hier nicht abgemagert. Marko fragt sich, wie Imre die Kugel am Leben erhält. »Draxler, welche Freude«, ruft er Marko entgegen, das Gesicht ein breites Grinsen, wie immer einen

Tick zu aufgekratzt. Hinter ihm thront Kowalskis Auto, direkt vor dem Einstieg zur Jägerhöhle, die als schwarzes Loch im Fels klafft. Die einzige Karosse, die die Steigung geschafft hat. Der Wagen ist blitzsauber, trotz des Staubes, trotz der Asche, trotz des Drecks. An der Motorhaube lehnen Bea und Val. Die beiden knutschen, als hätten sie seit Schulzeiten nichts anderes getan, ihre Kinder haben sie heute offenbar nicht dabei. Marko bemerken sie nicht mal, sind zu sehr mit sich selbst beschäftigt. Eine kleine Insel der Ruhe inmitten einer hysterischen Zeit. Erst als er auf das Metall der Motorhaube klopft, lassen sie voneinander ab.

»Ist Val dir immer noch nicht langweilig geworden?«, fragt Marko. »Ich habe meine Wette schon vor zehn Jahren verloren.«

Bea lächelt ihm zu, ohne etwas zu sagen, umarmt ihn und drückt ihm einen Kuss auf die Wange. Val stellt einen Fuß auf die Stoßstange und lässt seinen Hintern auf die Motorhaube plumpsen. »Langweilig?«, sagt er. »Ein Abenteurer wie ich? Du spinnst wohl!«

Marko boxt ihm gegen die Brust: »Scheiße siehst du aus.«

»Danke«, erwidert Val. »Bist auch der Mann meiner Träume.«

Vals Körper ist schmal und ausgezehrt, nichts mehr zu sehen von den Muskeln, die er sich früher antrainierte, als er in Tarnkleidung durch den Schulhof robbte. Er fährt mit den Fingern über die glatte Haut an seinem Hals. »Hab mich sogar extra für euch rasiert, mit dem alten Marillensaft meiner Großmutter. Lässt zwar die Seife flockig werden, aber hey, rasieren muss sein, sagt die bessere Hälfte.«

Weiter vorne, zwischen der Baumgruppe und der steil abfallenden Klippe, von der aus man das Feuer gut überblicken kann, hat sich ein weiteres Dutzend Menschen eingefunden, die Marko alle seit Jahrzehnten kennt. Wie sie so beisammen stehen, hat er sofort die Bilder von früher im Kopf. Die gemeinsamen Fahrradtouren zum Baggersee. Die Mutproben an der Klippe über der tiefsten Stelle. Die herumgereichten Zigaretten, aus den Handtaschen der Mütter gestohlen. Alles ewig her, schon fast nicht mehr wahr.

Nur Berger kann er nirgends finden. Besser so, denkt er. Markos Freunde machen sich über Berger lustig, weil er zu sehr an Marko hängt. Nennen ihn Maskottchen. Und Hündchen. Marko versteht nicht, warum Berger sich die Beleidigungen gefallen lässt. Unbedingt gemocht werden will, um jeden Preis. Das hat niemand nötig.

Etwas abseits die Umrisse Aleksanders. Typisch, hat sich gleich wieder jemand geangelt. Doch wer ist die Frau neben ihm? Wahrscheinlich seine neue große Liebe, schönste Frau der Welt, Mutter seiner zukünftigen Kinder, die in ein paar Wochen schon wieder vergessen sein wird. Aleksander legt ihr den Arm um die Hüfte, sie aber drückt ihn weg und dreht sich zur Seite. Erst jetzt erkennt Marko das Gesicht Kalis, ihre Nase, spitz und lang wie die Ohren. Die schwarzen Haare, die sie normalerweise offen trägt, hat sie jetzt zu einem Pferdeschwanz zusammengebunden, was ihrem Gesicht einen harten und entschlossenen Ausdruck verleiht. Sie fischt ein Etui aus ihrer Handtasche, beginnt sich mit Hilfe eines kleinen Taschenspiegels zu schminken. Gewissenhaft setzt sie die Striche unter ihre Augen. Für Kali ist Schminke keine Sache der Verschönerung, sondern Kampfbemalung. Eine Rüstung, wie sie ihm einmal erklärt hat. Er beobachtet sie, als ihn plötzlich eine Stimme aus den Gedanken reißt.

»Draxler. Lässt du dich auch einmal zu uns herab!« Kowalski trottet auf ihn zu, die Arme weit ausgestreckt, als wollte er ihn umarmen. Marko streckt ihm die Hand entgegen, doch Kowalski schlägt sie zur Seite und presst seinen Körper an Markos, pocht mit der Faust auf seinen Rücken. »Sieh mal, wer hier ist«, ruft er.

»Wir haben schon sehnsüchtig auf dich gewartet«, säuselt Kali und läuft mit großen Schritten auf ihn zu. »Ich hoffe, du hast Wasser mitgebracht. Wozu hätten wir dich sonst eingeladen?«

Noch bevor Marko etwas antworten kann, hat er einen beißenden Gestank in der Nase. Kowalski verschwindet in einer Wolke aus Insektenspray. »Das stinkt, ich weiß, ich weiß«, sagt er. »Dabei habe ich keine Ahnung, wozu ich das überhaupt mache. Die Viecher stechen mich in Gegenden, die hat nicht einmal meine Frau zu sehen bekommen, Gott hab sie selig.«

»Das sind keine gewöhnlichen Mücken mehr«, pflichtet Kali ihm bei und fängt die Dose, die Kowalski ihr zuwirft. »Man nennt sie nicht umsonst die Tiger der Lüfte. Wie gut ich früher geduftet habe! Und jetzt? Scheiß Chemie ist das Parfum unserer Generation. Da haben wir jahrelang Biofraß in uns hineingestopft, nur damit wir uns jetzt mit dem Zeug hier vergiften. Wir sind schon kolossale Idioten.«

»Riecht doch wunderbar«, sagt Aleksander, als er hinter Kali auftaucht. »Weiß gar nicht, was du hast.« Er hält seine Nase an ihren Hals, nimmt einen tiefen Zug. »Jetzt bräuchte ich nur noch unsere wöchentliche Lieferung von Imre. Mal wieder was Ordentliches zwischen den Zähnen. Ich habe seit Tagen nicht geschissen. Fühlt sich an, als hätte ich eine Bowlingkugel geschluckt.« Er bläht seinen Bauch auf. »Was meint Frau Doktor?«

»Ich bin Chirurgin«, sagt Kali. »Soll ich dir die Scheiße aus dem Bauch schneiden? Führ dir was ein wie wir alle und stell dich nicht so an. Oder ist dein Arsch zu verkrampft für ein Zäpfchen?«

»Du könntest doch mit deinen Fingern in seinen Bauch fahren«, sagt Kowalski und macht Bewegungen, als würde er Teig kneten. »Wie ein indischer Heiler. Seid ihr doch berühmt dafür.« Kali kräuselt bereits die Lippen. »Oder ist Aleksander ein Unberührbarer«, fährt er stur fort, obwohl er nur bleierne Stille erntet. »Versteht ihr nicht? Wegen Berührung und so.«

»Sei doch still«, erlöst ihn Aleksander. »Das ist einfach nur blöd.« Er umarmt Kali, doch die duckt sich sofort unter ihm weg und blafft ihn an: »Ich kann mich schon alleine verteidigen, keine Sorge. Oder hast du meinen Namen vergessen?« Mit einer übertriebenen Geste stampft sie die Beine in den Boden und hebt das Kinn an. Sie sieht aus wie eine Superheldin. »Ich bin die Göttin der Vernichtung«, kreischt sie und springt auf Kowalski zu, der erschrocken nach hinten stolpert und wie ein Kind aufheult, als er mit dem Arsch auf dem harten Waldboden landet. Kali lacht laut auf und streckt ihre Arme in Siegerpose hoch: »Hab euch doch schon in der Schule verprügelt. Solltet endlich dazulernen.«

»War nur ein Scherz«, winselt Kowalski, während Kali seinen Oberkörper mit der Fußspitze zu Boden drückt. Erst nach einigen Sekunden lässt sie ab und streckt ihm ihren Arm entgegen. »Na los«, fordert sie ihn heraus. »Greif zu. Oder vertraust du mir nicht?«

Es kostet sie keine Kraft, Kowalski nach oben zu ziehen. »Waschlappen«, ätzt sie und knotet ein Haarband um ihren Zopf. »Stimmt wohl, was man über Männer mit großen Autos sagt.« Mit einem Kopfnicken deutet sie auf seinen Wagen. »Apropos. Noch jemand so große Lust auf Musik wie ich?«

Minuten später sitzen sie auf Klappstühlen rund um Kowalskis Wagen. Nur Aleksander hat sich auf den Fahrersitz fallen lassen, die Rückenlehne umgelegt. Seine Beine liegen auf dem Armaturenbrett und zucken hin und her. Ein dumpfes Plong, wenn sie auf das Plastik knallen. Aus den Boxen dröhnt es: *It's time for you all to stop all of your sobbing. There's one thing that you gotta do.*

Bea und Val tanzen im Scheinwerferlicht, ohne die anderen zu beachten. Aus der Jägerhöhle zieht ein kühler Lufthauch über den steinigen Bereich direkt davor. Marko hat sein T-Shirt ausgezogen und genießt das Prickeln der Haare auf den Unterarmen, den Zug auf dem nackten Rücken. Gemeinsam mit Kali löffelt er Eintopf, den Imre gekocht hat. »Ich freu mich so, dass es euch schmeckt. Gerade jetzt, wo der Laden dichtgemacht hat. Ich bin ja für sonst nichts mehr zu brauchen. Nicht wie ihr beide, mit euren wichtigen Jobs. Essen zaubern und damit vielleicht ein klein wenig Freude machen. Was bleibt uns denn sonst noch?«

Kali drückt Imre einen Kuss auf die Wange, schnappt sich die Schüssel und leckt sie sauber. »Wunderbar, wie immer.«

Wir begrüßen unseren nächsten Zuhörer. Die Stimme aus dem Radio.

Bitte ruf nicht an, denkt Marko. Nicht heute. Er hofft, dass sein Bruder schläft. Dass Norberts Telefon nicht funktioniert.

Vielen Dank. Die Stimme einer Frau. *Ich wünsche mir ein Lied aus meiner Kindheit. Wird sicher vielen Freude bereiten.* Sie nennt den Titel.

»Verdammt, immer diese faden Schnulzen«, jammert Aleksander vom Fahrersitz. »Sollten was Ordentliches spielen.« Er beginnt aus vollem Herzen zu grölen: »We don't need no water let the motherfucker burn.« Ein Griff zum Regler, doch noch bevor er den Sender wechseln kann, unterbricht Bea ihn kreischend: »Du lässt das sofort. Dazu habe ich früher immer getanzt.« Sie steht auf der offenen Fläche vor der Motorhaube, im Lichtkegel der Scheinwerfer, die Arme um Vals Nacken geschlungen. »Erinnert ihr euch nicht mehr? Unser Abschlusslied. Fury in the Slaughterhouse. Schulball. Wir haben ewig geprobt. Dekorationen gebastelt. Kleider ausgesucht. Den Festsaal dekoriert. Über tausend Lieder gestritten. Bis wir das hier gefunden haben.«

Alle beobachten Bea und Val, die sich auf dem festgetretenen Erdboden hin und her wiegen. Kali schlägt den Rhythmus auf der Metallschüssel, Aleksander dreht die Musik noch lauter. Und Imre singt die Worte mit: »It's not the way we want. It it's just the way it gotta be. And this is not the time to wonder.«

Erst nach einiger Zeit unterbricht Marko den Tanz. »Findet ihr das nicht zynisch?«, fragt er. Die anderen sehen ihn an, als verstünden sie nicht haargenau, was er meint. »Dass wir hier sitzen und Spaß haben, während da drüben alles verbrennt?«

Erst jetzt richten sich die Blicke wieder auf die Rauchsäule.

»Wir können doch sowieso nichts daran ändern«, sagt Aleksander. »Was willst du denn machen? Das Feuer mit deinem kleinen Tankwagen selber löschen?«

Marko sagt nichts. Aber insgeheim denkt er: Wieso nicht?

»Das eigentliche Problem ist sowieso etwas ganz anderes«, sagt Aleksander. »Also spitzt mal die Ohren, ja? Das eigentliche Problem ist nicht das Feuer, nicht einmal das Wasser. Nein. Es gibt einfach zu viele Menschen auf diesem Planeten. Da habt ihr es.«

»Das Problem löst sich doch gerade von selbst«, sagt Val, der aufgehört hat zu tanzen und zurück zum Auto schlurft. »Die einen verdursten und die anderen ertrinken. Und wer Geld hat, leistet sich ein schönes Luxusresort im Norden.«

»Dafür drängen tausende andere nach«, lässt Aleksander sich nicht beirren. Er springt aus dem Wagen und macht einige Schritte nach vorne, auf die Fläche zu, die steil zur Klippe hin abfällt. »Vielleicht reicht es aber einfach nicht für alle.« Im Scheinwerferlicht des Wagens sind nur seine Umrisse zu erkennen. Er sieht größer aus als sonst, wie ein Kasten hebt sich sein Körper von den Rauchschwaden am Horizont ab. »Es bräuchte mal wieder einen richtigen Krieg.«

»Ja, solange du nicht dabei sein musst«, ruft Kali ihm zu.

»Wir sind alle zu brav. Wie unser Marko hier. Immer schön mitmachen. Immer schön arbeiten. Aber wozu? Scheiß auf Sicherheitszonen. Fliegt doch sowieso alles in die Luft. Ich gebe uns noch ein Jahr, höchstens. Vielleicht ist das sogar zu optimistisch. Mir kann es nur recht sein. Besser jetzt als später. Lieber eine Explosion, als langsames Verdursten. Ihr werdet noch an meine Worte denken, sage ich euch.«

Marko hält es nicht mehr zurück, er springt auf und dreht das Radio ab. Es reicht. »Niemand verdurstet«, schreit er Aleksander zu. »Du hast doch einen Sonnenstich.«

»Genau. Aleksander, unser alter Fatalist«, ätzt Kali.

»Wie nennt man einen Fatalisten, der immer recht hat?«, fragt Aleksander. Und als keiner antwortet: »Na Realist.«

In der Luft nur das Knacken des Feuers, das vom anderen Ende der Stadt herübergetragen wird.

»Nein«, sagt Kali. »Nur tot.«

Kowalski steigt in sein Auto. Ohne die Musik aus dem Radio, ohne das Licht der Scheinwerfer kehrt Trostlosigkeit zurück.

Marko geht auf die Klippe zu und sieht auf die Stadt hinab, die er von hier oben als Ganzes im Blick hat. Ein kreisrundes Etwas, durchschnitten vom Flussbett.

Er setzt sich auf einen Baumstumpf, als Bea zu ihm tritt. »Kannst du Val keinen Job verschaffen?«, fragt sie und streicht über seinen Rücken. »Wir könnten deine Hilfe brauchen. Gerade jetzt.«

»Warum hast du nicht Kowalski gefragt?« Marko sieht zu Boden, er schafft es nicht, ihr ins Gesicht zu blicken. »Der hat mehr zu sagen als ich.«

Bea verzieht den Mund. »Komm mir nicht mit Kowalski. Nein, du musst ein gutes Wort für uns einlegen. Wir haben das Geld bitter nötig. Und wenn Val keinen Job kriegt … Ich will doch wirklich nicht viel von dir. Nur das, was du auch für Berger gemacht hast. Und den kennst du nicht so lange wie uns. Der hat auch keine Kinder.«

Noch bevor Marko etwas antworten kann, hält Aleksander ihm eine Flasche vors Gesicht: »Schon wieder so toternste Gespräche? Komm, mach dich mal locker und sauf mit uns.« Er lässt die Flüssigkeit hin und herschwappen. »Was ist? Na, wer nicht will, der hat schon. Dein Bruder ist aber geselliger.«

Eine Sekunde bekommt Marko keine Luft, dann springt er auf: »Ja, und schau dir einmal an, was aus ihm geworden ist.«

»Jetzt sei doch nicht immer so spießig«, ruft Aleksander ihm nach.

Marko läuft auf den Trampelweg zu, der vom Hügel hinabführt, stolpert über einen Erdbrocken, kann sich gerade noch fangen, als er gegen Kali prallt. »Entschuldigung«, stottert er.

»Schon in Ordnung«, sagt Kali. »Du solltest nur nicht weitergehen. Da hinter dem Busch, da habe ich … Na, du weißt schon.« Sie wedelt mit der Hand vor ihrer Nase.

Marko will sie zur Seite schieben, doch Kali gibt keinen Millimeter nach: »Was ist denn los? Du bist ja ganz fertig mit den Nerven.«

»Dieser Idiot«, lässt Marko seiner Wut freien Lauf, doch in seinem Kopf ist Norbert das Ziel der Beschimpfungen, nicht Aleksander: Wieso säufst du mit so jemand, denkt Marko. Hat nie nur einen Finger für dich gerührt. Und wer darf die Scherben dann aufklauben? Doch zu Kali sagt er: »Aleksander zieht meinen Bruder in die Scheiße. Wie früher.«

»Wie geht es Norbert überhaupt?«, fragt sie mit ruhiger Stimme. »Ich war dort, aber er hat die Tür nicht aufgemacht. Ich habe eine Nachricht hinterlassen. Er wird wohl wieder …«

»Gut geht es ihm«, unterbricht Marko sie. »Ganz wunderbar. Ausgezeichnet. Warum fragst du? Du weißt doch genau, wie es ihm geht.«

Kali streicht ihm über die Stirn, ohne sich provozieren zu lassen, sie fährt die Umrisse seines Gesichts mit ihren

Fingern nach, und Marko lässt es geschehen. Als er die Augen wieder öffnet, stapft sie schon zur Lichtung davon. Er lässt sich auf einen Baumstumpf fallen, verbirgt sein Gesicht in den Händen. Lange sitzt er so da, ohne sich zu bewegen, hinter ihm das Plateau, vor ihm der Abstieg zu seinem Auto. Vielleicht hätte ich Berger doch mitnehmen sollen, denkt er. Zumindest ein Freund. Ein Griff zu seinem Telefon. Kein Strom.

Als er zurück auf die Lichtung kommt, ist Kali nirgends zu finden. Lange wandert er über die freie Fläche, kommt dem dunklen Unterholz am Rande immer näher, drückt Äste zur Seite.

Als Erstes sieht er den Delfin. Marko hat die Tätowierung auf der Vorderseite ihres linken Oberschenkels immer schrecklich gefunden. Dabei trägt Kali sie nicht einmal ironisch, sondern voller Stolz, wie sie einmal gesagt hat. Er sieht den Delfin und zwischen ihren Schenkeln einen Arsch, hell leuchtend wie der Mond. Aleksander drückt Kali gegen einen Baum, sein nackter Rücken glänzt in der Dunkelheit. Als Kali ihre Augen nach oben richtet und Marko im Unterholz entdeckt, drückt sie Aleksanders Gesicht zwischen ihre Brüste und grinst. In dem Moment dreht Aleksander sie herum, biegt ihren Körper nach vorne. Marko stellt sich vor, er wäre an Aleksanders Stelle. Er versucht seinen Körper zwischen Kalis Beine zu denken, sein Schwanz wird hart und seine Eichel reibt am Stoff seiner Hose. Er fühlt sich unendlich einsam.

Aleksander geht in die Knie und beginnt, Kali von hinten zu ficken. Zwischendurch hält er inne und wischt sich mit dem T-Shirt den Schweiß von der Haut. Marko hört, wie beide nach Luft schnappen. Es klingt erbärmlich.

Aleksander umfasst Kalis Brüste von hinten und massiert sie mit harten, brutalen Bewegungen. Wie eine Schildkröte wirkt er, den Rücken gebogen, den Hals nach vorne gereckt, um an Kalis Ohr zu lecken.

Marko betrachtet den zuckenden Körper, die zusammengekniffenen Arschbacken, die hervortretenden Adern an Aleksanders Hals. In seinem Kopf wird Kali zu Nehir und Nehir zu Kali. Ich würde dich nicht so freudlos ficken, wenn du jetzt bei mir wärst. Er kramt nach einer guten Erinnerung aus einer schönen Zeit. Das Richtfest beim Haus fällt ihm ein, welches sie die Jahre zuvor mit ihren eigenen Händen erbaut hatten. Der Anblick Nehirs, wenn er nach wochenlanger Fahrt kreuz und quer durch Europa wieder nach Hause kam. Ihr nackter Körper. Ich muss diese Erinnerungen ausmalen wie Bilder, denkt er, dann kommt auch die schöne Zeit zurück. Doch nun drängen die roten Linien an den kranken Beinen seines Bruders in sein Gehirn. Das nervöse Zucken von Bergers Augen. Zwei Seiten einer Schaukel, die eine da, die andere dort. Auf und ab.

Aleksander ist ganz ruhig, als er ohne Vorwarnung kommt. Kein Laut quetscht sich aus seiner Kehle. Er lässt nur den Kopf nach hinten fallen und verzieht sein Gesicht zu einer Fratze, den Mund zu einem riesigen O aufgerissen. Einen Moment drückt er seinen Körper von hinten gegen Kali, lehnt seine Stirn an ihre Schulter, dann stößt er sich ab. Als er sich nach seiner Hose bückt, entdeckt er Marko hinter den Büschen und grinst ihm dreckig entgegen, reckt den Daumen nach oben. Marko dreht sich angewidert zur Seite, doch Aleksander zuckt nur mit den Schultern, zwinkert ihm im Vorbeigehen zu: »Tut mir leid, war wohl schneller. Mach dir nichts draus. Man sagt doch: Wenn die Welt untergeht, werden alle Menschen ficken.« Er stolpert Richtung Lichtung davon.

»Mach den Mund zu, du fängst ja Mücken.« Kali zieht eine Zigarette aus ihrer Handtasche und gesellt sich zu Marko. »Wenigstens Sex macht noch Spaß.« Das metallische Zischen des Feuerzeugs kommt ihm in der Stille des Waldes obszön vor. »Was?«, nölt sie mit gespielter Empörung. »Ich werde den Stummel schon nicht wegwerfen, mach dir nicht in die Hose. Außerdem ist der Rauch das Einzige, was gegen die Viecher hilft.« Sie klatscht ihre Hand in Markos Nacken und hält das zerquetschte Insekt wie eine Trophäe vor sein Gesicht: »Weidmanns Heil!«

»Hätte nicht gedacht, dass dir so was gefällt«, sagt Marko und zeigt mit einem Nicken auf die Stelle vor dem Baum.

»Hm. Was dachtest du denn, was mir so gefällt?«

Marko merkt, dass er rot wird, hofft aber, dass Kali es in der Dunkelheit nicht sieht. »Ich weiß nicht.« Er versucht mit aller Kraft, ihren ironischen Tonfall zu imitieren. »Kerzen. Vertrauen. Ein bisschen Romantik. Was weiß ich. Ein Prickeln.«

Kali entfährt ein lauter Lacher.

»So habe ich das nicht …«, stammelt Marko.

»Weiß du, bei Prickeln denke ich zuallererst an wirklich schmerzhafte Geschlechtskrankheiten. Das müsstest du doch noch wissen.« Sie packt seine Hand und zieht ihn zu sich. Er riecht ihren Schweiß, die Schminke und noch etwas anderes, Säuerliches. Aleksanders Körper. »War bei uns beiden doch auch nicht anders, bevor deine Frau dich verdorben hat. Tu nicht so, als könntest du dich nicht erinnern. So lange ist das noch nicht her.«

»Aber ausgerechnet Aleksander«, sagt Marko. »Du warst die Einzige, die er damals nicht rumgekriegt hat. Hat ihn in den Wahnsinn getrieben, sein Ego ganz schön angekratzt.«

»Kann mich erinnern«, sagt sie stolz.

»Und jetzt so? Ein schneller Fick im Wald?«

»Aleksander ist perfekt für mich«, flüstert sie Marko ins Ohr, als wäre es ein großes Geheimnis. »Weil er ein Arschloch ist. Aber kein allzu großes. Er ist nicht Kowalski, wenn du verstehst. Und außerdem kann Sex ohne Hoffnung ganz wunderbar sein.«

Neue Nachricht
Empfangen: 09:25:06 Heute. SIM: SIM 1

Hoffe, Nachricht geht durch
Keine Verbindung
Komme gut voran
Mach dir keine Sorgen
Pass auf dich auf

Ich weiß nicht, wie ich diesen Brief beginnen soll. Wie eine Verbindung herstellen, nach all dem. Du dort. Ich hier. Hättest du das für möglich gehalten, noch vor einiger Zeit? Du kennst mich doch, oder nicht? Ich schreibe mit der Hand. Komisches Gefühl. Sehr alt und sehr neu. Kannst du meine Worte überhaupt entziffern? Seit der Schulzeit habe ich nicht mehr mit der Hand geschrieben. Aber versuch mal hier Strom zu bekommen. Und bei euch? Funktioniert die Versorgung noch? Sicher. Das sage ich mir zumindest. Ich bin ja noch nicht lange unterwegs. Fühlt sich nur lange an. Warum ich schreibe? (Ich höre deine Stimme, wie du das fragst.) Weil du recht gehabt hast. Ich hätte früher gehen sollen. Nicht bis zu den Zusammenstößen warten. Es ist nicht so, dass etwas Besseres auf mich wartet. Dort. Das steht mal fest. Aber es war nicht gut, weiterhin ein Frosch zu sein. Das verstehst du jetzt nicht. Oder doch?

Alles Liebe

Es war einfacher als gedacht, über die Grenze in den Süden zu kommen. Ich weiß, dass dir das die meisten Sorgen bereitet hat. Nur in den Norden, ist es unmöglich. Gleich hinter der Grenze kommt man in eine Wüste. Ich kann es nicht anders beschreiben. Niemand kümmert sich um irgendetwas. Niemand kämpft um sein Überleben. Es sieht aus wie nach einem Krieg. Wie im Video. Ein Brüllen. Ein Schießen. Erst dahinter taucht wieder eine Landschaft auf. Die Menschen hier erzählen sich Märchen über unser Land. Blühende Felder, Arbeit und Wohlstand. Egal, was man sagt, sie glauben ihren Fantasien. Vielleicht würden sie sonst verzweifeln. Sie schauen mich an, als hätte ich Aussatz. Weil ich weggegangen bin. Sie sagen: Du Idiot. Idióta, heißt das hier. Oder: seggfej. Das ist härter. Aber eigentlich hört man alle Sprachen. Die Menschen harren schon so lange hier aus. Sie leben neben Feldern, die man bewirtschaften könnte. Mit viel Kraft. Ein bisschen Glück. Aber sie dürfen nicht. Eine Wut bekommt man da. Aber es geht mich ja nichts an. Nicht mehr.

Ich denke an dich.

Ich habe nicht gewusst, worauf ich mich einlasse. Keine Angst, ich bin nicht in Gefahr. Es dauert nur alles länger. Viel länger. Immer wieder komme ich nicht weiter, und dann bin ich tagelang an einen Ort festgebunden. Aber langsam komme ich dem Ziel näher, im Schneckentempo. Du kannst mich nicht erreichen. Morgen bin ich schon woanders, wenn alles gut geht.

Drück mir die Daumen.

12. – 13. Juli

Das Klingeln des Weckers erreicht Marko auf dem Holzboden der Terrasse liegend. Der unangenehm hohe Ton schneidet durch die Luft, sticht in seinen Kopf. Den einen Arm hat er als Stütze unter dem Nacken, den anderen über der Stirn. Rring-rring-rring. Die Intervalle werden kürzer, das Kreischen penetranter. Er muss hier draußen eingeschlafen sein, nachts, in etwas kühlerer Luft. Jetzt stechen bereits die ersten Sonnenstrahlen durch die Baumwipfel, der Himmel ist azurblau und wolkenlos. Die Holzbretter des Bodens unter seinem nackten Rücken sind brennheiß. Marko stützt sich auf die Unterarme und lässt sich zur Seite fallen wie ein Käfer. Er packt das Geländer und zieht sich hoch, seine Haut klebt am heißen Metall der Streben fest. Sind die verdammten Schwielen denn zu nichts gut? Er zieht den Reißverschluss seiner Hose nach unten, fischt seinen Schwanz aus den Boxershorts und pinkelt in das ausgedörrte Buschwerk unter der Terrasse. Vielleicht hilft es ja gegen Waldbrand. Um ihn herum ist es still und unbewegt. Nur der Wecker kreischt. Ein Blick auf die Uhr: Zeit für seinen Dienst. Noch einmal, dann verstummt das Klingeln. Kein einziges Geräusch mehr. Keine Vögel, kein Hundegebell. Friedhofsruhe.

Im Vorzimmer schlägt Marko gegen das Radio, das sofort ein paar Töne ausspuckt. *Seit der Verschärfung der Sicherheitsmaßnahmen nach Verkündigung des neuen Rationierungsplanes hat die Regierung beschlossen, in Zusammenarbeit mit dem Institut für Notfallbewirtschaftung …* Im Badezimmer schneidet er die zusammengeknüllte Tube mit Sonnencreme auf und schmiert sich die Reste ins Gesicht. Aus der Schublade fischt er ein altes Handtuch, das er sich um den Kopf bindet. Seine Stirn ist rot und verbrannt, trotz aller Vorkehrungen. Aus dem Vorzimmer die bekannte Stimme. *Als Reaktion auf die Proteste hat die Regierung dem vom Expertenrat vorgeschlagenen Bau neuer Notreservoirs zugestimmt. An neuralgischen Stellen soll die Sicherheit durch Einsatz des Militärs geregelt werden. Gelobt wird die große Ruhe der Bevölkerung. Vor allem der Einsatz Freiwilliger sichert einen reibungslosen Ablauf.* Marko versucht einen Sender mit Musik zu finden, doch überall die gleichen Verlautbarungen. Im Kühlschrank steht noch eine Flasche Wasser. Warm wie Pisse, obwohl das kleine Lämpchen in der Tür leuchtet. Er klappt die Holzläden vor den Fenstern zu, bringt das Radio zum Schweigen. Endlich findet er auch den Autoschlüssel in der Schale neben der Tür, unter den Flugblättern. Er bemüht sich, die aufgedruckten Parolen zu ignorieren.

WASSER, MARSCH! MIT SPASS UND FREUDE!

VERSCHWENDUNG WAR NIE NOTWENDIGER ALS JETZT!

UNTERSTÜTZE UNS. VERSCHÜTTE AUCH DU DEINE RATION!

Bevor er das Haus verlässt, gießt er noch die Reste des gestrigen Spülwassers in den Topf der Pflanze neben seinem Bett und wirft ein herumliegendes Hemd über. Er geht die geplanten Einsätze des Tages im Kopf durch, während er die Stiegen nach unten läuft. Hoffentlich kommen keine Notfälle dazwischen, keine unangenehmen Überraschungen. Seit dem Vorfall mit der Durstigen schafft er es einfach nicht mehr, die Einsätze mit der früheren Selbstsicherheit zu fahren, was ihn ärgert.

Vor dem Haus sammeln sich die Nachbarn im Schatten der Häuserzeile. Seit zwei Tagen haben ganze Straßenzüge im Viertel kein Trinkwasser mehr. Durch die planmäßige Abschaltung vor ein paar Tagen blieb so wenig Flüssigkeit in den Leitungen, dass es immer noch gesundheitlich bedenklich ist, das nun wieder fließende Wasser zu trinken. Seitdem wird Trinkwasser zugeliefert. Marko sieht seine Kollegen etwas abseits stehen. Bis auf Weiteres. So heißt es in den offiziellen Meldungen. Für wenige Tage. Bis sich die Situation normalisiert hat. Marko kennt die Floskeln aus den Briefen, aus den Gesprächen mit Mitarbeitern, er führt sie bei allen Einsätzen selbst im Mund, auch wenn ihr Klang mittlerweile schal in seinen Ohren klingt. Dennoch muss er sie wiederholen. Was bleibt ihm anderes übrig? Hoffentlich verhalten sich die Menschen weiterhin ruhig.

Im Supermarkt sind die meisten Regale schon leer. Marko macht sich auf die Suche nach Lebensmittel, die man nicht kochen muss: Dosen, Eingeschweißtes, Vorgekochtes. FRISCHE ZÄHNE, GANZ OHNE SPÜLEN, steht auf einer Tafel neben einem Turm aus Kaugummipackungen. Marko greift danach. Kurz schielt er auch auf das Preisschild neben den Wasserflaschen: schon wieder teurer geworden. Mittlerweile kann er für den Preis einer Flasche ein komplettes Abendessen kaufen, das Regal ist dennoch fast leer. Offenbar leben auch hier irgendwo Menschen, die Geld haben. Sind also nicht alle abgehauen. Noch vor wenigen Jahren waren die Flaschen Massengut, inzwischen haben sie ihre eigene Magie entwickelt. Marko schnappt sich stattdessen einen Beutel Reinigungspulver. Das Leitungswasser schmeckt zwar auch mit dem Zeug nach Kloake, aber immerhin bekommt man keinen Durchfall davon.

Die Frage nach den anstehenden Neuwahlen wolle man vorerst nicht stellen und erst zu einem späteren Zeitpunkt diskutieren. Den amtlichen Verlautbarungen auf allen Kanälen entkommt Marko auch im Supermarkt nicht. Der Verkäufer hinter dem Tresen schläft. Verklebter Schnurrbart, schmutziges Hemd, tiefes Schnarchen. Die Pistole hat er unachtsam auf dem Tresen neben sich liegen gelassen. Marko räuspert sich. »Entschuldigung, dürfte ich …« Seine Stimme klingt rau und heiser, als wären seine Stimmbänder aus Schleifpapier. Er räuspert sich nochmal, bekommt das Kratzen aber nicht aus dem Hals, findet kein bisschen Spucke in seinem Gaumen. Er nimmt einen Geldschein, legt ihn wortlos vor den schlafenden Verkäufer und stößt die Glastür auf. *Und nun zu etwas Erfreulicherem.*

Die Straße windet sich wie ein Band durch die Landschaft. Links und rechts ist das Unkraut auf der Böschung durch die Brände der vergangenen Wochen zu Asche zerfallen. Dahinter einzelne Bäume, die Äste nichts als schwarze Linien vor dem Himmel. Die meisten Baumstümpfe sind verkohlt und umgefallen, schwarze Mikadostäbe. Nur da und dort grüne Flecken, die von den Bränden verschont wurden, kleine Büsche am Rande der Erdlöcher, Sträucher, an denen noch Blätter kleben. Ein paar Wolken ziehen auf. Doch der heiße Wind verjagt sie wieder, kreisende Greifvögel suchen nach Essbarem. Viel Glück dabei, denkt Marko.

»Das ist jedes Mal der beschissenste Einsatz«, flucht Berger.

»Sie tun uns nichts. Müssen nicht einmal aussteigen.«

»Macht mich trotzdem irre. Dass es sowas immer noch gibt.«

Direkt an der Ausfallstraße gelegen, bilden die Blechcontainer des Flüchtlingslagers eine mannshohe Wand hin zur

Stadt. Bunte Farben und aufgeregte Schriften springen einem entgegen, überall abblätternder Lack.

CARU CONTAINERS. Gelb auf Rot. Mehrere Container übereinandergestapelt, ein gewaltiger roter Turm.

SCHLACHTHO. Weiß auf Blau. Das F ist nicht mehr zu lesen.

HAPAG-LLOYD. Blau auf Gelb.

HAPAG-LLO. PAG-LLOYD.

CHINA SHIPPING. Weiß auf Grün.

Ebenfalls Weiß auf Grün: EVERGREEN.

Ein Hohn.

Es sind hunderte alte Schiffscontainer. Dabei liegt dieses Land nicht einmal am Meer. Marko hat genau solche Container jahrelang quer durch Europa bewegt, als es das noch gab: Lebensmitteltransporte. Europa. Jetzt sind die Blechkisten zu einer unbeweglichen Stadt zusammengewachsen. Die oberen Containerreihen sind nur durch verrostete Leitern zu erreichen. Darauf Satellitenschüsseln. Und Stromkabel, die sich wie Lianen von Reihe zu Reihe schlingen. Falls es noch Strom anzuzapfen gibt. Auf dem gepflasterten Vorplatz bewegt sich der Abfall im Wind. An die Wand neben dem Eingangstor hat jemand mit roter Farbe GO HOME gesprüht, direkt darunter in grellem Gelb: OR DIE TRYING.

Marko hat die Bilder der Proteste und Kämpfe um das Lager noch im Kopf, doch seitdem im Süden die Pufferzone errichtet wurde und die Solidaritätslieferungen angelaufen sind, hat sich die Lage beruhigt. Zwar bricht der Hass auf die Verwaltung auch heute noch durch, vor allem nach den vierteljährlichen Veröffentlichungen neuer Einschränkungen, insgeheim hat man sich mit dem Lager aber längst arrangiert.

Aus den Augen, aus dem Sinn.

»Gib Gas«, sagt Berger. »So schön ist es hier auch wieder nicht.«

Neben dem Haupttor liegen unzählige Schilder wahllos über- und nebeneinandergestapelt, immerhin mit einem Zaun gesichert, als könnte sie jemand stehlen. Noch vor vier, fünf Jahren haben sie Orientierung geboten: REGISTRIERUNG. ERSTAUFNAHME. ZUTEILUNG. In unzähligen Sprachen. KAYIT. Türkisch. ADMISSÃO DE DOENTES. Portugiesisch. تحويل. Arabisch. Ein großes Schild: Παραπομπή ασθενούς στο αρμόδιο τμήμα. Griechisch. Marko kennt die Worte als Bilder. Er hat sie durch seine Einsätze in allen Sprachen gelernt. Heute braucht sie längst niemand mehr. Die Durstigen werden mittlerweile schon in Containerstädten weiter südlich abgefangen. Oder krepieren lange davor.

Die Soldaten vor dem Eingang sehen anders aus als die Mitarbeiter des Wachdienstes, die die Wasserzentrale bewachen. Stiefel, so schwer wie Betonklötze, schwarzes Ledergeschirr, Handschellen aus blitzendem Chrom, ein Gürtel mit Zusatzmunition, die Waffe seitlich am Körper. Die Uniform muss unerträglich sein. Hinter den Soldaten erkennt Marko eine Gruppe Menschen auf dem staubigen Boden. Wie Tiere zusammengepfercht stehen, sitzen und liegen sie in der Mittagshitze und warten. Auch Jahre nach der Errichtung ist das Lager noch nicht an das reguläre Wassernetz angeschlossen. Jetzt ist es dafür auch zu spät. Die Körper der Durstigen sind ausgezehrt, ihre Gliedmaßen dünn wie Skelette, die Bäuche aufgebläht. Alle Augen sind auf den Tankwagen gerichtet. Inmitten der Menschenmenge fällt Marko ein Mann auf. Langer Bart, das Gesicht hinter den mit Schmutz verklebten Haaren kaum zu erkennen. Er ist größer, wirkt stärker und gesünder. Aufrecht steht er da, ein Kind zu seinen Füßen. Mit seinen Lippen formt er Worte, die Marko nicht versteht, dann zieht er die Hand quer über seinen Hals.

Marko lenkt den Wagen die Seitenmauer entlang Richtung Kontrollturm. Die letzten Inspektionsberichte haben es nicht mehr an die Öffentlichkeit geschafft. Aber offenbar sind die Gebäude trotz der Grenzschließung so voll, dass viele der Durstigen im angrenzenden Park leben, obwohl es dort keine Wasserlieferungen mehr gibt. Sie bauen notdürftig Unterkünfte zwischen den alten Baumbeständen, die für die Öffentlichkeit gesperrt sind. Niemand hält sie zurück. Das Lager ist kein Gefängnis, heißt es zumindest. Manchmal dringt Gerede von Ausschreitungen und Protesten nach draußen. In Wirklichkeit weiß man jedoch nichts Genaues, und das ist meistens ein gutes Zeichen.

Der Versorgungstrakt befindet sich zur Linken des Kontrollturms. Die Zufahrt für die Tankwägen ist nicht mehr als eine festgefahrene Schotterstraße, die direkt zu einigen gemauerten Gebäuden führt und keinen Einblick in das Gelände zulässt.

Legt Euch Waffen zu. Werft sie aus dem Land.

Sie saufen uns das letzte Wasser weg.

Hier hat man sich keine Mühe gegeben, die Parolen abzuwaschen.

Einer der Durstigen läuft auf das Tor zu, sobald er den Wagen erblickt. Sofort packen ihn Soldaten an Schultern und Beinen, reißen ihn zu Boden. »Ya no puedo más. Ya no quiero seguir«, hört Marko ihn schreien. »Ya dura demasiado tiempo.«

Der Soldat vor der Schleuse lotst den Tankwagen zu einem Gebäude am Rande des kleinen Platzes, der sich am

Ende der Straße öffnet. Mit Schläuchen pumpen Mitarbeiter in Zivil das Wasser routiniert in die Tanks. Die Mithilfe von Marko und Berger ist hier nicht gefragt, das Verlassen des Tankwagens untersagt. Der Lärm der Pumpe zerschneidet die Luft, Marko spürt das Zittern ihrer Umdrehungen.

»Das wird hier von Mal zu Mal trostloser«, ächzt Berger.

Marko zuckt mit den Schultern.

»Ach komm, du weißt genau, was ich meine. Die Rationen werden kleiner und kleiner. Mittlerweile kommen wir nur mehr jede zweite Woche hierher. Aber da drinnen sind ja nicht plötzlich wie von Zauberhand weniger Menschen.«

»Das können wir nicht wissen.«

Berger will etwas erwidern, doch das Kreischen der Pumpen schneidet ihm das Wort ab. Der Aufseher setzt seine Unterschrift unter die Lieferformulare und streckt sie ihnen entgegen.

Die mit Graffitis besprühte Wand fliegt auf der rechten Seite am Wagen vorbei, als Marko auf das Gaspedal tritt. Es ist das fünfte Jahr in Folge, in dem er das Lager mit Wasser versorgt, aber mehr als die Container, die Graffiti und das Tor zur Versorgungseinheit hat er bisher nicht zu Gesicht bekommen. Die Worte Bergers springen in seinem Kopf hin und her wie Gummibälle, als Kowalski sich per Funk meldet: »Ich gebe euch Koordinaten durch.« Marko kennt jeden Flecken der Stadt, doch Kowalski weigert sich beharrlich, Straßennamen zu verwenden, spricht immer nur von Koordinaten

»Unser Tank reicht nur mehr für die Quarantänestation.«

»Ihr braucht kein Wasser«, krächzt Kowalski. »Aber das müsst ihr gesehen haben, vertraut mir. Wenn das stimmt, was die Kollegen erzählen. Fahrt einfach hin.«

Marko nickt Berger zu: »Schreib auf.«

»Gebt Gas. Keine Ahnung, wie lange das Spektakel dauert.«

Schwimmflügel, Schwimmreifen, Plastiktiere.

Damit die Freude nie endet. Schrift auf einem Plakat.

Rufe und Schreie. Auf dem kleinen Platz inmitten der Stadt ein Bild, das Marko nicht versteht. Auf dem glühend heißen Asphalt sitzt eine Gruppe Jugendlicher in der prallen Sonne. Gerade noch rechtzeitig springt Marko auf die Bremse und reißt die Fahrertür auf, springt nach draußen. Die meisten der Jugendlichen, die einen Kreis inmitten des Platzes bilden, sind wahrscheinlich keine achtzehn Jahre alt, doch sie sehen viel älter aus. Ausgezehrt, die Haut ledrig und voller Falten, auch die der Kinder, tiefsitzende Augen in den Gesichtern. Neun Mädchen zählt Marko, neunzehn Burschen und vier Kleinkinder. Sie haben Wasserflaschen vor sich stehen, aus denen sie jedoch nicht trinken. Alle tragen kurze Hosen, zerrissene T-Shirts, an den Armen bunte Plastikflügel. Aufblasbare Bälle springen hin und her, bunte Holzschläger und Spielsachen aus Plastik liegen rundherum verstreut. Die Hitze auf dem Platz ist unerträglich, als Marko auf die Jugendlichen zugeht. Die Sonne brennt unbarmherzig herab, doch keiner von ihnen trägt einen Kopfschutz. Der glutheiße Asphaltboden muss sich in das nackte Fleisch ihrer Oberschenkel fressen, muss Abdrücke hinterlassen wie Brandzeichen, doch die Mädchen und Burschen scheinen davon nichts zu bemerken. Ihre Gesichter bleiben ausdruckslos und ernst, obwohl sie ausgelassen miteinander spielen.

»Was soll das sein?«, fragt Berger, der ihm dicht auf den Fersen ist.

»Was auch immer es ist, gesund ist es nicht.«

Marko umkreist die Gruppe, die völlig in sich versunken feiert. Nur eine Frau steht etwas außerhalb an einen weißen Lieferwagen gelehnt und filmt die Szenerie mit ihrer Kamera. Sie ist älter als die Jugendlichen und sicher zwei Meter groß. Langes, blondes Haar. Eine Riesin, denkt er.

Immer mehr Schaulustige bleiben trotz der Hitze stehen, eine ältere Frau in einem abgewetzten, aber sauberen Kleid geht sogar auf einen der Jugendlichen zu und beugt sich zu ihm, lächelt ihn an und spricht einige Worte. Der Junge schüttelt bloß lachend den Kopf, seine Mundwinkel voller Furchen, seine Augen ausgetrocknet und rot. Um die Oberarme orange Schwimmflügel. WARNUNG, liest Marko. NUR AN DEN OBERARMEN ZU TRAGEN. KEIN SCHUTZ VOR ERTRINKEN. Langsam bewegt der Junge seinen Mund, wie in Trance formt er einzelne Worte, die Marko seinen Lippen nicht ablesen kann. Das Gesicht der alten Frau verändert sich schlagartig, wird zu einer wütenden Fratze. Ohne Vorwarnung klatscht sie dem Jungen ihre Hände ins Gesicht, biegt ihre Finger zu Krallen und reißt seine Haut auf. Es braucht zwei Männer, um sie wegzuziehen. Woher dieser Ausbruch an Gewalt, was hat ihr der Junge getan? Jetzt erst erreichen Marko die Worte, die er der Frau grinsend nachruft: »Je mehr du leidest, desto mehr feiern wir. Dein Schmerz ist unsere Freude. Verschwende Wasser. Dann wirst du Teil von uns.«

»Sind das die mit den Flugblättern?«, fragt Berger entgeistert.

»Woher soll ich das wissen?« Der Anblick der Jugendlichen löst ein Kribbeln in Markos Fingerspitzen aus, eine Mischung aus Wut und Unglaube. Eine Emotion wie überkochendes Wasser.

Die Riesin kniet inzwischen in der Mitte des Kreises. Die Kamera liegt neben ihr auf dem Boden, vor ihr eine offene Ledertasche. Wie eine Fischerin fährt sie mit dem Arm hinein und greift eine Handvoll bunter Pillen. Bedächtig schreitet sie anschließend den Kreis ab, streckt den Jugendlichen die Pillen in der offenen Hand entgegen. Ohne hinzusehen, greifen die Mädchen und Jungen danach, zerreiben die Kügelchen zwischen ihren Fingern und schnupfen das Pulver, andere lecken es sich von der Haut. Als alle Pillen verteilt sind, nimmt die Riesin erneut ihre Kamera und filmt die Gesichter. Ganz nah kommt sie den Jugendlichen dabei, auf den Knien rutscht sie von Körper zu Körper. Von einem Moment auf den anderen bricht die ganze Gruppe in lautes Lachen aus, die Geräusche hallen auf dem Platz wie Eselsgeheul. Minutenlang herrscht ein Riesenlärm, einige der Schaulustigen halten sich die Ohren zu. Laut schreiend und grölend liegen die Jungen und Mädchen einander in den Armen, dann endet der Zustand wieder, von einer Sekunde auf die andere, wie ein Anfall. Die Gesichter verlieren jeglichen Ausdruck, die Körper alle Kraft. Eines der Mädchen kotzt, doch die anderen Jugendlichen achten nicht weiter auf sie. Die Riesin durchbricht den Kreis in Richtung Lieferwagen.

»Man sollte die Polizei rufen«, brüllt ein Mann aus dem offenen Fenster seiner Wohnung, die Finger um den Stoff des Vorhangs gekrallt. »Abtransportieren. Und zwar schnell. Solche Idioten wie euch können wir hier nicht brauchen.«

Gemurmel unter den Schaulustigen, die sich im Schatten der Häuserzeile zusammendrängen. Marko liest ihren Augen eine Mischung aus Abscheu und Faszination ab. Er spürt eine Spannung in der Luft, eine Aggression wie kurze Stromschläge.

»Sehen irgendwie glücklich aus«, sagt Berger, die offene Hand als Schutz vor der Sonne wie ein Schild über den Augen.

»Weil sie auf Drogen sind«, erwidert Marko.

Plötzlich ein dumpfer Knall und ein Scharren auf dem Asphalt. Die Riesin zerrt einen Plastikklumpen aus dem Lieferwagen und schiebt ihn in die Mitte des Kreises. Dann greift sie sich die Kamera und beginnt erneut zu filmen, während die ganze Gruppe am Plastik zerrt, es auseinanderfaltet und glattstreicht, bis ein Reifen zwischen ihnen liegt. Ein Schwimmbecken, schlaff und kraftlos. Eine Weile betrachten die Jugendlichen das Plastik, dann rücken sie auf den Knien nach vorne und blasen Luft in den Schlauch. Binnen Sekunden sind ihre Köpfe unnatürlich rot, einige Mädchen und Jungen brechen zusammen, bleiben auf dem heißen Asphalt liegen, die Wangen auf den Boden gedrückt. Niemand eilt ihnen zu Hilfe. Sobald sie wieder zu sich kommen, setzen sie ihre Lippen erneut an die Ventile. Es dauert unendlich lange, bis das Becken aufgeblasen ist. Als rotes Rund liegt es schließlich in der Mitte des Platzes. Wie eine fliegende Untertasse, fremd und unheimlich. Easy Swim steht an der Seite, daneben aufgedruckt eine Palme.

Auf ein Zeichen der Riesin hin packen die Jugendlichen ihre Wasserflaschen und halten sie wie Trophäen in die Luft.

»Aufhören« … »Ein Wahnsinn« … »Wo sind eure Eltern?« … »Sollte euch den Arsch versohlen« … »Es reicht«. Marko versteht nur Fetzen von dem, was die Schaulustigen krakeelen. Eine Frau, die Markos Schulter im Vorbeigehen streift, raunt ihm zu: »Kann ja jeder tun und lassen, was er will. Aber irgendwann …«

Völlig ungerührt halten die Jugendlichen die Stellung, wie erstarrt sitzen sie da. Doch mit einem Mal kippen sie ihre Flaschen zur Seite. Langsam rinnt das Wasser heraus, plätschert in das Rund des Beckens, bis der Boden mit einem dünnen Film bedeckt ist.

Keine Beschimpfungen dröhnen mehr aus den Fenstern, auch nicht aus den Schattenbändern der Häuser. Nur das Plätschern ist zu hören. In der Ferne eine Sirene.

Der Reihe nach stehen die Jugendlichen auf und fassen einander an den Händen. Inzwischen ist die Riesin auf den weißen Lieferwagen geklettert und filmt von oben. Die Jungen und Mädchen steigen gemeinsam in das Becken, heben die Kinder in die Mitte, wälzen sich in den Wasserlacken, die sich auf der Plastikoberfläche gebildet haben, bis ihre Körper nass sind, ihre Haare, ihre Kleidung. Mit großem Gekreische rutschen sie auf dem dünnen Film hin und her. Formen Kuhlen mit den Händen. Gießen Flüssigkeit über ihre Köpfe. Wenige Tropfen.

Als sie schließlich aufspringen und zurück auf den Asphalt taumeln, tropft Wasser von ihren Körpern, kleine Dampfwolken steigen auf, zentimeterhoch. Abermals bilden sie einen Kreis. Und dann applaudieren sie sich selbst. Das Geräusch der nassen Handflächen, die aufeinander klatschen, hallt als Echo über den Platz. Die Jugendlichen grinsen, doch irgendetwas daran stimmt nicht. Ihre Lippen sind nach oben gezogen, aber ihre Augen bleiben ausdruckslos und starr nach vorne gerichtet. Unbeeindruckt von den erneut anhebenden Beschimpfungen packen sie ihre Sachen in den Lieferwagen.

Leere Flaschen liegen auf dem Platz verstreut, sonst bleibt nichts zurück als das Schwimmbecken, in dem noch etwas

Wasser schimmert. Marko taucht einen alten Einsatzbericht in die Flüssigkeit, legt das feuchte Blatt vorsichtig auf sein Gesicht und genießt die kurze Abkühlung, bevor das Papier wieder steif wird.

»Spinner«, raunt er, als er zurück in den Tankwagen steigt.

»Sehen nicht wie Spinner aus.« Berger hat den Blick auf den leeren Platz gerichtet, auf das rote Rund in der Mitte. »Die sind so traurig. So verzweifelt.«

»Wovon zum Teufel redest du?«, fährt Marko ihn an. »Verwöhnte Fratzen, sonst nichts. Das glaubst du doch selbst nicht: dass jemand Wasser verschüttet, der es wirklich braucht.«

Die Straße ist holprig und eng, der Wagen hüpft auf und ab. An Berger fliegt die Landschaft vorbei, ein ratternder Film. Heruntergezogene Holzrollos, verhängte Fenster. Bald werden die Wohnhäuser der Innenstadt von den verbrannten Gärten der Vorstadt abgelöst. Nur hin und wieder eine blühende Oase.

»Vielleicht sind wir Teil des Problems«, hebt Berger erneut an. »Und nicht die Lösung. Weil wir weiterwursteln …« Er bringt den Satz nicht zu Ende, sagt stattdessen, sanfter als zuvor: »Ich fand die Aktion gerade schön.« Hinter den Wohnhäusern zeichnet sich schon das Tor des Krankenhauses ab. »Wunderschön und neu.«

Das Krankenhaus besteht aus einer Vielzahl miteinander verbundener Container. Ein Anblick wie das Flüchtlingslager zuvor, dabei wurde der neue Trakt erst vor einigen Monaten in Betrieb genommen. Die Quarantänestation ist nicht mehr als eine Ansammlung von weiß bemalten Blechkisten. Zwischen den Trakten öffnen sich Gänge und

Korridore, die man notdürftig mit Planen abgedeckt hat, um ein zusammenhängendes Gelände zu schaffen, so groß wie zehn Fußballfelder. Kali steht vor dem Eingangsbereich, als Marko den Tankwagen in die Zufahrt lenkt.

»Ist das nicht unter deiner Gehaltsstufe?«

»Nichts ist mehr unter meiner Gehaltsstufe«, sagt Kali und zündet sich eine Zigarette an, nimmt einen tiefen Zug. Als sie Markos Blick bemerkt, zuckt sie mit den Schultern. »Ich weiß genau, was du denkst.« Vor einer Woche wurde die Wasserversorgung der Station durch einen Brand beschädigt und seitdem noch nicht wieder repariert. »Aber ich war nicht schuld. Versprochen. Nicht am Waldbrand. Und nicht an dem Desaster hier.« Sie zeigt auf das mit Plastikbändern abgesperrte Areal im hinteren Bereich der Anlage. »Ich dämpfe immer brav aus.«

»Aber du rauchst wie ein Schlot.«

Ein Brennen, als der Qualm ihrer Zigarette in seine Augen zieht. Berger hat inzwischen mit der Arbeit begonnen. Seit dem Brand müssen die Wassertanks jeden zweiten Tag befüllt werden. Marko hat den Tankwagen im Schatten der Containerwand geparkt, Berger steht also nicht in der prallen Sonne, während er die Schläuche Richtung Einfüllstutzen zieht.

»Ich freue mich jedes Mal über die schöne Aussicht, wenn ich hierherkomme«, sagt Marko.

Die Quarantänestation befindet sich direkt neben dem Friedhof, nur ein Stahlgitter trennt die Zufahrt von den massenhaft aufgereihten Grabsteinen.

»Ja, nicht?«, sagt Kali. »Quasi vorher – nachher.«

Marko genießt den Lufthauch, der aus dem Eingangsbereich nach außen zieht. »Ihr haltet durch?«, fragt er Kali, die den hartgetretenen Sand unter ihren Füßen mit der Schuhspitze lockert und den Zigarettenstummel darunter begräbt.

Kali wiegt ihren Kopf hin und her: Nicht ja, nicht nein. »Noch haben wir Strom. Lange werden wir sowieso nicht hierbleiben. Hoffentlich. Das Ganze ist für die Versorgung echt nicht ausgerüstet.« Eine Bewegung ihres Arms, ein Bogen, der alle Container miteinschließt. »Zumindest haben sie endlich ordentliche Generatoren eingebaut. Der Strom sollte besser nicht ausfallen. Kann nicht passieren, sagen sie. Aber du weißt ja, wie es ist. Das sagen sie immer. Um uns zu beruhigen. Wenn dann der Diesel knapp wird …«

»Dann funktioniert längst wieder alles reibungslos«, sagt Marko.

»Bis zum nächsten Mal.« Kali legt den Kopf schief und rümpft die Nase. »Und zum übernächsten Mal. Und immer so weiter. Bis in alle Ewigkeit. Oder bis etwas passiert. Etwas Großes.«

»Und dir? Wie geht es dir?«, unterbricht Marko ihre Tirade.

Anstatt zu antworten, zündet Kali sich noch eine Zigarette an. »Ach, die Versorgung klappt«, sagt sie schließlich müde. »Noch. Siehst du ja. Mit viel Einsatz. Die Patienten werden mehr und mehr. Die Station ist überbelegt. Ich habe mit Krankheiten zu tun, von denen habe ich seit dem Studium nichts mehr gehört. Ich bin Chirurgin, verdammt. Letztens habe ich mit einem Neurologen Dienst gehabt. Wir schleppen Bücher herbei und telefonieren, aber wir bräuchten mehr Personal. Das würde helfen. Und Ausrüstung.«

»Das meine ich nicht«, sagt Marko. »Wie geht es dir? Nicht dem Job. Nicht dem Krankenhaus. Dir.«

»Wie soll es mir schon gehen?« Ein Ausdruck in ihrer Stimme, als hätte er in einer fremden Sprache gesprochen. »Wie immer.« Sie weicht seinem Blick aus und nagt an ihren Fingerkuppen. »Der Sicherheitsdienst sollte längst hier sein, aber die sind wohl einfach zu Hause geblieben. Und wer könnte es ihnen verdenken.«

»Dafür sind ja wir hier.«

»Meine Engel in verschwitzter Uniform.«

Marko hebt seine Arme und dreht sich im Kreis, Schweißflecken ziehen sich von beiden Achseln über den Rücken. »Sehen wie Flügel aus, findest du nicht?«

Kali bricht in ein Lachen aus, das übergangslos zu einem Husten wird. Es schüttelt ihren Körper, dann spuckt sie eine Ladung Schleim auf den Boden. »Die Menschen sind einfach zu blöd«, sagt sie, als sie wieder zu Atem kommt. »Fressen verdorbenes Zeug, trinken jede Brühe. Und dann wundern sie sich, dass sie hier landen. Und irgendwann gehen die Medikamente aus, klar.« Mit einem Kopfnicken deutet sie nach drinnen, wo Marko das Ende der Schlange erkennt. Mütter mit Babys in Kinderwägen. Alte Männer. Jugendliche. »Und erst der neue Versorgungsplan. Ich meine: Ist der ernst gemeint? Das Wasser gleich für mehrere Tage abstellen? Wir sind doch keine Versuchskaninchen.« Sie bläst den Zigarettenrauch schief aus dem Mund, damit er nicht in Markos Gesicht landet. »Jetzt hör schon auf«, winkt sie ab, als Marko auf den glimmenden Stummel deutet. »Konsequenz war halt noch nie meine Stärke. Die Packung habe ich übrigens geklaut. Ich kann es immer noch, flinke Finger wie früher.« Sie lässt ihre Hand vor Markos Gesicht tanzen. »Kannst ja einen Stein werfen. Du weißt schon.«

Marko zieht die Augenbrauen nach oben.

»Wegen Sünde und so.«

»Ich bin nicht ohne Sünde«, sagt er.

»Mag sein, aber in unserer Gruppe bist du der Heilige, so im Vergleich.« Sie streckt ihm den Zeigefinger entgegen wie ein Schwert, Asche regnet zu Boden. »Mutter Theresa nichts dagegen.«

»Die hätte wenigstens die Hitze besser ausgehalten.«

Ein lautes Röcheln unterbricht Markos Worte, dann ein metallenes Klicken wie von einem Revolver. Der Tank ist leer, die Schläuche abgekoppelt. Berger verschließt den Stutzen und kommt auf Marko zu, den Einsatzbericht in der Hand: »Hier, musst du nur noch zum Unterschreiben bringen«, doch Marko schüttelt den Kopf und deutet zur Tür. »Keine Chance«, mault Berger sofort. »Da gehe ich nicht rein. Wer weiß, was für Krankheiten da drinnen ausgebrütet werden.« Er zuckt zusammen, als ein Krankenwagen um die Ecke braust, das Folgetonhorn eingeschaltet.

»Ach komm, dir wird schon nichts passieren«, sagt Kali, als sie Bergers Nervosität bemerkt. »Es gibt genug Sperren. Chemische Schranken. Schleusen. Auch wenn es von hier draußen nicht so aussieht: Wir wissen, was wir tun.« Sie tippt mit dem Finger auf den Einsatzbericht. »Und jetzt hol dir endlich deine Unterschrift, sonst kommt ihr hier nie weg.«

Berger zieht die Mappe vor seine Brust wie eine Rüstung und verschwindet ohne weitere Worte in der Station.

»Jetzt mal Hand aufs Herz: Wird das wieder gut?«

Marko meint, eine Unsicherheit in Kalis Stimme zu hören, die ihm fremd ist. »Besser«, sagt er. »Vielleicht nicht gut, aber besser.«

»Mhm.«

»Muss es einfach.«

»Diese Spinner sind jedenfalls keine Hilfe«, sagt Kali und zeigt auf ein zerknülltes Plakat neben dem Eingang. »Hast du gesehen, was sie hier schon wieder hingehängt haben?«

Du bist nicht krank, steht in riesiger Schrift auf dem Papier. Du hast nur Durst. Trinke, so viel du willst. Bis du nichts mehr trinken kannst. Fest der Freude!

Mit einem Ruck reißt Kali das Plakat von der Wand und wirft es in den Staub, tritt auf das Papier und dreht den Fuß ein paar Mal hin und her. »Kaum kehrt man den Rücken, hängt ein neues Plakat da. Ein paar Jugendliche mit Schwimmreifen. Als wäre Durst keine Krankheit.« Sie reißt den Mund auf und steckt sich den Zeigefinger tief in den Rachen. »Tauchen jetzt überall in der Stadt auf. Junge Leute. Kinder eigentlich. Machen alle verrückt. Ich weiß, es ist lächerlich, aber die lösen eine Aversion in mir aus ...« Sie ringt die Hände, als wollte sie jemand Unsichtbaren würgen.

»Hatten auch gerade das Vergnügen«, unterbricht Marko sie.

»Dann weißt du ja, was ich meine.« Kali fischt ihr Telefon aus der Tasche und hämmert mit dem Daumen dagegen. »Wenn das Internet jetzt bitte ausnahmsweise einmal funktioniert ... Ja, hier. Ist ein kurzes Video. Sieh es dir an.« Sie hält das Telefon wenige Zentimeter vor Markos Gesicht. Er nimmt es ihr aus der Hand und macht ein paar Schritte in den Schatten vor der Eingangstür, um besser sehen zu können. Das Video zeigt die Quarantänestation.

Fest der Freude. Veröffentlicht am 10. 7.

Von: Third Wave. Zelle Ost.

9.472 Aufrufe 1.876 Kommentare 1.650 Sterne

»Third Wave?«, fragt Marko. »Nennen die sich jetzt so?«

»Taucht als Name zumindest in den Clips auf.«

Das Video beginnt mit einer Kamerabewegung zur freien Fläche vor der Rettungseinfahrt. Eine Gruppe Jugendlicher leert Kanister um Kanister Wasser auf den heißen Boden, den aufsteigenden Dampf wehen sie mit Pappe hin und her, als tanzten sie mit ihm. Wie kleine Nebelschwaden sehen die Wolken aus. Dann ziehen sie sich nackt aus, legen sich auf den feuchten Boden und lachen, jubeln, johlen, bis irgendwann eine Stimme im Off Unverständliches murmelt und sie gemeinsam wie ein großer Körper aufstehen, innerhalb weniger Sekunden verschwinden und das Video abbricht, in einen schwarzen Bildschirm übergeht, auf dem Marko liest: ERSTES FEST DER FREUDE. FIRST FEAST OF JOY. JOIN. WE ARE ALL OF YOU.

Im Hintergrund läuft der Ton weiter: Schreien, Applaus.

Marko wundert sich, in den täglichen Verlautbarungen war von der Aktion nichts zu hören.

»Im Zoo haben sie die Tiere getötet«, sagt Kali und nimmt ihm das Telefon aus der Hand. »Also nicht die Spinner hier. Die Zooverwaltung. Meine Gedanken springen hin und her.« Marko nickt, wie um zu sagen: Geht uns allen so. »Angeblich irgendwelche Krankheiten«, fährt Kali fort. »Kann ohnehin niemand überprüfen. Ich habe mit eigenen Augen gesehen, wie sie die Kadaver abtransportiert haben. Ein Anblick wie im Horrorfilm. Stinkendes Fleisch auf Lastwägen. Sind nachts hier entlanggefahren, keine Schweinwerfer, nichts. Damit nur ja niemand etwas bemerkt. Dass es so weit kommen konnte … Der Zoo! Du weißt, wie sehr ich die Tiere liebe. Ich habe gedacht: Das werden sie nie machen, allein als Zeichen der Normalität. Solange es so etwas wie Zoos noch gibt, ist die

Welt in Ordnung. Wie früher im Flugzeug, erinnerst du dich? Solange die Stewardess Getränke verteilt … Irgendwas ist heuer anders, sage ich dir. Anders als in den letzten Jahren.« Sie lässt das Telefon von einer Hand in die andere wandern. »Ich war gestern übrigens bei deinem Bruder«, wechselt sie das Thema und beäugt Marko von der Seite. »Er war ganz gelb im Gesicht. Das müssen wir beobachten. Am besten wäre, du bringst ihn her.«

Marko winkt sofort ab: »Keine Chance. Weißt doch selbst, was für ein Sturkopf er ist. Hat sich für sein Herz nicht einliefern lassen, dann auch nicht für ein bisschen gelbe Haut.«

Noch bevor Kali insistieren kann, durchschneidet Bergers aufgebrachte Stimme die Luft: »Sieht nicht so aus, als hättet ihr das da drinnen unter Kontrolle.« Er läuft an Marko vorbei, schüttelt seinen Körper vor Ekel. Ein Sprung und er sitzt im Führerstand des Tankwagens.

»Gib auf dich acht«, verabschiedet sich Marko von Kali.

»Wenn du versprichst, Norberts Zustand im Auge zu behalten. Komm zu mir, wenn es schlechter wird. Wenn ihm übel wird und er bricht. Schau besonders auf die Beine, ob sie geschwollen sind. Gemeinsam finden wir eine Lösung.«

»Verdammt.« An Bergers Hals klebt dunkelrotes Blut. Ein langer Strich, der sich vom Kinn nach unten ziehen. Er besprüht seine Hände mit Desinfektionsmittel und fährt mit den Fingern über die Haut.

»Du blutest dir ja den Hemdkragen voll«, sagt Marko und greift hinter den Fahrersitz. Er spürt den Verbandkasten schon zwischen den Fingern, als er losschreit. Ein Schmerz wie ein Peitschenhieb.

»Alles in Ordnung?« Berger packt Markos Oberkörper und dreht ihn zu sich, was den Schmerz nur noch schlimmer macht.

Marko atmet einige Mal tief durch, erst dann setzt er zum Sprechen an. »Ja, nur der verdammte Rücken. Hab ich mir schon vor Jahren ruiniert.« Er schlägt mit der Hand gegen die Polsterung der Lehne, den längst hart gewordenen Schaumstoff. »Scheiß Sitze. Nichts wert.«

»Kannst du fahren?«

»War doch immer stark wie ein Vieh.«

Mit einem Griff hat Berger den Verbandkasten in der Hand, zieht die Folie von einem der Pflaster und drückt es sich wie eine Kompresse an den Hals. »Ich will ja nichts verschreien, aber es sieht echt nicht gut aus für dich bei unserer kleinen Wette«, sagt er. »Ich bin jetzt seit drei Monaten dabei. In diesen drei Monaten ist alles nur schlechter geworden. Lagst wohl kolossal daneben.« Er zieht die Schultern nach oben, als müsste er sich gegen einen Angriff schützen. »Sogar da drinnen sah es früher rosiger aus.«

»Du warst in der Klapse, nicht in Quarantäne.«

Einen Moment sitzen sie da, ohne ein Wort zu sagen. Marko spürt die Muskeln in seinem Rücken weicher werden. »Außerdem sind wir selber schuld«, fährt er fort. »An dem allen hier.« Er zieht seinen Arm von links nach rechts: die Quarantänestation, das Flüchtlingslager, die ganze Welt. »Wir hätten es nie so weit kommen lassen dürfen. Hätten früher was unternehmen müssen. Vernünftig sein. Oder zumindest ein bisschen weniger unvernünftig.«

»Meinst du das jetzt im Ernst?«, fragt Berger und bläht die Nüstern wie ein Pferd. »Dass dann auch nur irgendetwas anders wäre? Kannst du vergessen, mein Freund. Jetzt wollen sie mich übrigens aus der Wohnung schmeißen, ich soll in ein fucking Nachbarschaftszentrum ziehen.«

»Davon hast du mir nichts …«

»Vorübergehend, weil es in den Neubauten heißer wird als in Satans Arschloch. Haut ja nichts mehr hin, weder Wasser noch Strom. Dauernd klopft jemand an die Tür, das hält keine Sau mehr aus.«

»Vielleicht keine schlechte Idee, das Zentrum«, redet Marko ihm zu. »Hat dir immer gutgetan, unter Menschen zu sein.«

»Keine zehn Pferde kriegen mich in eine versiffte Sporthalle. Da ziehe ich lieber zu den Durstigen in den Park. Dort ist zumindest noch ein bisschen Leben zu spüren, nicht nur dieses Herumvegetieren.«

»Da ziehst du eher zu mir.«

»Ich habe einfach ein ungutes Gefühl«, fährt Berger fort, als hätte er Markos Angebot überhört. »Wie vor einem gewaltigen Gewitter.«

»Als wüsstest du noch, wie sich ein Gewitter anfühlt.«

»Nur dass der Regen nie kommt. Wie Ficken ohne Abspritzen.«

»Als hättest du von Ficken eine Ahnung.«

Stille.

»Tut mir leid«, sagt Marko dann.

»Hey, ist ja nicht so, als hättest du unrecht.«

Im Radio meldet sich die heisere Stimme des Moderators. *Und jetzt ein Klassiker: Summer In The City.* Hysterisches Lachen. *Keine Sorge, liebe Hörer, keine Sorge. Wir spielen etwas anderes.*

»Wie toll wir uns die Zukunft vorgestellt haben«, sagt Berger und lacht metallen, ohne die Lippen zu verziehen.

»Sogar den Unsinn mit künstlichen Regenschauern haben wir geglaubt.«

»Wie ein Gewitter also?«, fragt Marko, als er das Zittern von Bergers Händen sieht. Er greift nach der Wasserflasche und spritzt seinem Freund ein paar Tropfen ins Gesicht. »Da hast du dein Gewitter.«

Berger zuckt zusammen, als hätte Marko ihn geschlagen. »Lass das. Das brauchen wir noch.« Er wischt sich die Flüssigkeit aus den Brauen. »Kommst du heute Abend zum Fluss? Sie treffen sich unter der Brücke. Sagt Aleksander.«

»Wann hast du mit Aleksander gesprochen?«

Berger zuckt nur mit den Schultern.

»Da solltest du nicht hin. Das sind nicht deine Freunde.«

»Kommst du? Oder kommst du nicht?«

»Norbert?« Marko läuft in das Schlafzimmer, das Bett ist frisch gemacht. Kann nicht einmal alles normal sein? »Verdammt, Norbert, wo bist du?« Er durchsucht alle Räume, klappert sogar die unbewohnten ab, doch sein Bruder ist nirgends zu finden. Marko spürt, wie sein Herz schneller schlägt, die Brust enger wird. Sein Atem beschleunigt sich, die Finger zittern. Scheiße, wo bist du hin verschwunden? Tu mir das nicht an.

Endlich. Durch das Fenster im Vorraum sieht er seinen Bruder auf dem Feld stehen: den alten Blaumann am Körper, eine Kappe tief ins Gesicht gezogen, hinter ihm die Schubkarre mit unzähligen Gerätschaften, schief in eine Furche gerutscht. Ein Bild aus seiner Vergangenheit. Doch irgendetwas an diesem Bild stimmt nicht. Immer wieder drischt sein Bruder mit einer Spitzhacke auf den Boden ein, Steine und Erdbrocken stieben ihm entgegen.

Marko verharrt einen Moment und beobachtet Norbert durch das Fensterkreuz, dann läuft er nach draußen und ruft den Namen. Norbert reagiert nicht. Egal, wie laut er schreit, keine Reaktion. Endlich fasst ihn Marko an der Schulter, dreht ihn zu sich. Der Staub bringt ihn zum Husten. »Was zum Teufel.« Marko bekommt die Worte kaum aus dem Mund, als hätte er einen Löffel Sand geschluckt. »Was machst du hier?« Er saugt die letzten Reste Speichel zusammen und spuckt aus. Kein Schutz vor der Sonne hier, kein Schatten, der Hof das einige Gebäude an der Straße.

Norberts Kopf ist rot wie ein Feuermal. »Ich grabe einen neuen Brunnen«, sagt er ruhig und lässt die Hacke auf den Boden knallen, verkrustet wie Wundschorf. »Die Tiere habe ich umbringen müssen, aber ich lass mir nicht alles wegnehmen. Dann grabe ich eben einen tieferen Schacht.«

Marko legt den Finger an Norberts Hals und fühlt seinen Puls: Sein Herz rast, die Haut ist heiß. Schweiß auf seiner Stirn, obwohl der Körper jede Flüssigkeit braucht. Wie kann Fleisch nur so unvernünftig sein?

»Aber du kannst doch hier keinen Brunnen graben.«

»Wieso nicht? Ich bin immer noch stark genug.«

»Weil du krank bist, geht das nicht in deinen Schädel?«

Verächtliches Schnaufen von Norbert.

»Wie viel hast du wieder gesoffen?«

»Keine Ahnung, aber ich hab ordentlich gekotzt«, sagt Norbert stolz. »Du hast dich sowieso immer für etwas Besseres gehalten. Dir werde ich es schon zeigen.« Seine Zunge ist geschwollen, Marko versteht ihn schlecht. »Ich werde es euch allen zeigen.« Norbert schwingt die Hacke, als wollte er Marko attackieren. »Ich habe einen Brief bekommen«, schreit er. »Einen verdammten Brief. Aber die haben mir gar nichts zu sagen. Mir nicht!«

»Welchen Brief?« Marko dämmert es, welchen Brief sein Bruder meint. »Der ist doch Monate alt.« Ich muss Norbert aus der Sonne bekommen, denkt er. Ins Haus bringen. »Das haben wir längst geregelt«, sagt er. »Wirf deine Gehirnzellen an.«

»Sie wollen mir das Wasser kürzen. Weil ich keine Landwirtschaft mehr betreibe. Dabei wissen alle, wer wirklich schuld ist. Aber mir kappen sie die Zuteilung. Einfach so, ohne Grund.«

»Es gab wirklich genug Gründe.«

»Bei uns wird es nicht so schlimm kommen, haben sie gesagt.« Klack. Die Hacke prallt auf den Erdboden. »Bei den anderen, dort ja, aber nicht bei uns.« Es folgt ein unverständliches Murmeln, dann macht Norbert eine Bewegung, als würde er etwas über seine Schulter werfen: »Die anderen allerdings, die kriegen Wasser. Zum Verschütten. Zum Herumspielen. Wie kleine Kinder.«

»Woher weißt du davon?«

»Zuerst ruinieren die Unwetter alles und dann das. Wollen mir vorschreiben, was ich alles kaufen muss, damit der Hof wieder läuft.« Norbert wischt sich mit dem Handrücken über die Stirn, kleine Hautfetzen bleiben kleben. »Aber wer kann sich das schon leisten? Du hast ja keine Ahnung, wie es ist. Wenn das Einzige stirbt, was man noch hat.« Ein Geräusch aus seiner Gurgel wie ein Ballon, der Luft verliert.

»Wir müssen eben neu anfangen.«

»Neu anfangen, ha, wenn ich das schon höre. Kinder können neu anfangen. Und Idioten. Wir werden nicht verdursten, wir werden verhungern. Ich hätte die Monsterpflanzen kaufen sollen, egal, was. Geld oder nicht. Kein Wasser, nur Hitze. Die bringt nichts um, haben sie gesagt. Aber hier wächst gar nichts, bis auf das beschissene Unkraut. Irgendwann werde ich tot sein und unter der Erde liegen, und nichts wird aus mir wachsen, kein verdammter Baum. Nur das Unkraut wird sprießen. Wenn ich wenigstens die Tiere noch hätte.«

»Um die könntest du dich doch sowieso nicht mehr kümmern.«

Norbert streckt Marko die Hacke entgegen wie eine Waffe. »Ich habe mich immer gut um die Tiere gekümmert.«

»Du hast Arbeiter gehabt, die dir geholfen haben.«

»Hilf dir selbst, sonst hilft dir keiner. Deine Hilfe kannst du auf jeden Fall behalten. Du brauchst mich, nicht umgekehrt. Damit du dich um mich kümmern kannst. Dich nützlich fühlst. Aber ich sag dir was: Ich bin nicht dein kleines Sozialprojekt.«

»Wir müssen alle Opfer bringen.« Wut explodiert in Markos Bauch. »Der große Norbert ist da keine Ausnahme.«

Kurz verharrt Norbert, dann springt er nach vorne, packt Marko und schlägt zu. »Erzähl du mir bloß nichts von Opfern.« Er zieht ihn zu sich, klatscht ihm die flache Hand in den Nacken. »Ich habe genug Opfer gebracht. Als Mama und Papa uns zurückgelassen haben.«

Marko wehrt sich nicht, lässt die Schläge auf sich einprasseln. Er spürt das Brennen auf seiner Kopfhaut, als Norbert ihn an den Haaren zu Boden reißt.

»Wer hat dich denn damals aufgenommen?«

Marko riecht den Alkohol.

Von einer Sekunde auf die andere hören die Schläge auf.

»Du«, sagt Marko. »Du hast mich aufgenommen.«

»Und ob ich das habe.« Norbert stützt die Hände auf die Knie. Er braucht lange, um wieder zu Atem zu kommen. Plötzlich blickt er Marko an. »Ich bin so ein Arschloch.« Er zieht seine Hose zurück über die Hüften, stolpert und landet mit seinem ganzen Gewicht auf Marko, drückt ihm seinen heißen Körper an die Brust. »Ich wollte das nicht.« Marko lässt die Umarmung über sich ergehen wie zuvor die Schläge. Er sagt kein Wort, spannt nur seinen ganzen Körper an und wartet darauf, dass sein Bruder sich wieder beruhigt. »Ich wollte dir nicht wehtun«, heult Norbert. »Das musst du mir glauben. Sonst kann ich gleich einen Strick holen und mich aufhängen, wenn du mir das nicht glaubst.«

Endlich lässt Norbert ihn los, Marko drückt sich nach oben und macht einen Schritt zurück. »Komm wieder runter«, sagt er. Aber er denkt: Du brauchst einen Arzt. Oder einfach nur einen Vater. Ein Vater könnte dich zur Besinnung bringen.

Er wendet sich zum Gehen und deutet Norbert, ihm zu folgen. »Und mach dir um Himmels Willen ein neues Loch in den Gürtel. So schön ist dein knochiger Arsch auch wieder nicht.«

In der Küche dreht Marko den Wasserhahn auf, das Blut hämmert in seinen Schläfen. Ein Rülpsen, dann fließt Wasser aus der Leitung. Wenigstens das funktioniert. Er füllt eine kleine Schüssel, trägt sie vorsichtig zurück ins Wohnzimmer, wo Norbert auf dem Sofa sitzt, den Kopf auf die Brust gesunken. Marko löst die Knöpfe des Blaumanns, sein Bruder hält beide Arme hoch wie ein Kind, damit

Marko ihm das durchgeschwitzte T-Shirt über den Kopf ziehen kann. Quer über die rechte Schulter zieht sich ein Schnitt, im rechten Winkel zur alten Narbe am Hals. Die Haut ist aufgerissen, Blut rinnt über die verdreckte Stelle.

»Warte hier. Ich hole den Verbandkasten.«

In der alten Metallbox findet Marko nicht, was er sucht. Alles Verbandmaterial ist verbraucht, hat irgendwann an Norberts Körper geklebt, Blut und Eiter aufgesaugt. In der Abstellkammer im ungenutzten Teil des Hofes vermutet Marko noch eine Schachtel Mullbinden. Er zieht die Leiter an die Regale, als ihm die Aufschrift auf einer kleinen Box ins Auge springt.

Eltern.

In Großbuchstaben mit Kugelschreiber in die Pappe geritzt. Marko zögert einen Moment, dann hebt er den Deckel an. Eine grüne Mappe. Dokumente. Er legt sie auf das Metallbrett des Regals. Darunter Briefe, die Pfeife seines Vaters, ein paar Kühlschrankmagneten, die seine Mutter gesammelt hat, aus allen Weltgegenden. Monaco. Paris. Moskau. Tokyo. Überbleibsel ihrer manischen Reisen, ihrer Ausbrüche aus der Enge des Hofes. Marko stellt die Box auf das Treppchen der Leiter. Unter der Decke sammelt sich die drückend heiße Luft. Sein Brustkorb wird eng, er hält sich an den Holmen der Leiter fest, versucht sich zu konzentrieren.

Dann zieht er die Box zu sich und blättert die Bündel Briefe durch. Die Handschrift auf den Umschlägen erkennt er sofort. Unter den Briefen findet er Fotos. Seine Mutter, wunderschön und arrogant, das weiße Hochzeitskleid wie ein Berg, auf dem sie thront. Sein Vater, das Gesicht ausdruckslos und hart. Zwei Fremde. Er hat sich ihres Anblicks entwöhnt. Weitere Fotos. Norbert als Kind, in zu weiten Hosen, zu weiten Shirts. Fotos aus der Schulzeit. Norbert und er nebeneinander, Schultüten in den Armen. Marko mit einem Lächeln, sein Bruder mit skeptisch zusammengezogenen Augenbrauen. Ein Blick, den er noch heute perfekt beherrscht. Marko hat die Fotos seit Ewigkeiten nicht gesehen, er rechnet die Jahre im Kopf nach. Wie lange mochte es her sein?

»Was schnüffelst du wieder herum?«, zischt Norbert ihn an.

Marko erschrickt. »Ich suche nur Verbandsmaterial«

»Lüg mich nicht an.«

»Was ist das hier?«, fragt Marko und streckt Norbert die zusammengebundenen Bündel entgegen.

»Wusste gar nicht, dass ich die noch habe.«

Die Briefe und Fotos, Dokumente und Schriften sind geordnet, sortiert und abgelegt, in aller Sorgfalt zusammengebunden mit Zwirn. »Erzähl keinen Unsinn«, presst Marko zwischen den Zähnen hervor. Ein Bild rutscht aus dem Stapel, er greift danach, bekommt es an einer Ecke zu fassen. Ein typisches Familienfoto, aufgenommen nur wenige Tage vor der Abreise der Eltern, daran erinnert er sich genau. Der Vater und die Mutter stehen mit ernster Miene nebeneinander, berühren einander nur an den Schultern. Norbert und er im Vordergrund. Beide in kurzen Hosen. Hemden. Krawatten um den Hals gebunden. Marko hält seinem Bruder das Foto entgegen.

»Hab wohl vergessen, es wegzuwerfen«, mault Norbert und dreht sich zur Tür.

Marko pfeffert die Box zurück auf das Regal, nur das Foto noch in der Hand. Er springt nach unten, hinter ihm fällt die Leiter klappernd zur Seite. »Ich komme tagein tagaus zu dir, und du verheimlichst mir sowas?«

Norbert reagiert nicht, knallt ihm die Tür ins Gesicht, Marko stößt sie mit dem Knie wieder auf.

»Ist das wirklich so schwer zu verstehen?« Norbert drückt die nackte Brust nach vorne. »Es kann nicht jeder die eigenen Eltern aus dem Leben schneiden, als hätte es sie nie gegeben. Ich wollte kapieren, warum sie nicht zurückgekommen sind.« Seine Stimme überschlägt sich, wird brüchig. »Warum sie uns nicht nachgeholt haben. Ohne Lebenszeichen. Weißt du, wie viele Nachforschungen ich angestellt habe? Keine einzige Spur. Wie kann denn das sein? Hast du dich nie gefragt, was wirklich passiert ist?«

»Natürlich habe ich mich das gefragt.« Marko zerknüllt das Foto zwischen seinen Fingern. »Aber es gibt keine Antwort. Was willst du noch herausfinden? Mama war krank, angeblich. Hat sich wohl eingebildet, woanders ginge es ihr besser. Klar hätten sie uns mitnehmen sollen, den Hof verpachten, sich Geld leihen. Aber wir waren ihnen wohl nicht so wichtig. Vielleicht hat Papa wieder gesoffen, vielleicht ist Mama wieder durchgedreht. Was weiß ich, warum sie uns nicht nachgeholt haben.«

»Glaubst du, sie sind noch am Leben?«

Marko zögert einen Moment, dann sagt er: »Das bezweifle ich stark. Macht heute auch keinen Unterschied mehr. Wir schulden ihnen nichts.«

»Du willst nicht werden wie sie«, stellt Norbert ernüchtert fest. »Du willst nicht werden wie ich. Der säuft wie Papa. Und traurig Klavier spielt wie Mama.«

»Wir müssen dich verarzten«, sagt Marko nur.

Zurück im Wohnzimmer taucht er seine Hände in die Schüssel und wäscht seinem Bruder den Schweiß und Dreck aus dem Gesicht. »Weißt du noch?«, fragt er. »Als wir ganz alleine waren und nichts funktioniert hat? Da haben wir uns auch selbst aus der Scheiße gezogen. Du hast uns aus der Scheiße gezogen.«

»Du bist so ein verdammter Optimist«, sagt Norbert.

»Aufgeben ist etwas für Feiglinge.« Marko fährt mit der Hand über Norberts Gesicht und drückt ein Küchentuch auf die Wunde.

»Ich bin kein beschissener Feigling, das stimmt. Ich werde den Hof wieder auf Vordermann bringen. Wäre doch gelacht. Das verspreche ich dir.« Er hebt die Finger zum Schwur. »Und das Geld bekommst du zurück. Ehrenwort. Mit Zinsen. Es gehört ja auch dir. Das alles.«

Plötzlich taucht ein Bild in Markos Kopf auf. Wie er in dreißig Jahren mit seinem Bruder hier sitzen wird, in genau diesem Haus, an genau dieser Stelle. Alt geworden und grau. Er weiß nicht, wie die Welt draußen dann aussehen wird, aber hier drinnen wird alles gleichgeblieben sein. Er und sein Bruder. Füreinander da. Aneinander gekettet wie Hunde, die knurren und bellen, aber nichts haben als einander. Da schnürt es ihm die Kehle zu.

Norbert lächelt zufrieden, dann nimmt er geistesabwesend einen Schluck aus der Flasche Schnaps, die er in der Sofaritze findet. Es sieht aus, als würden die Umrisse seines Körpers verschwimmen. Vielleicht macht das die verdammte Hitze hier drinnen, denkt Marko. Vielleicht der Alkohol. In jedem Fall müssen wir raus.

Marko setzt seinen Bruder in den Wagen, obwohl es unvernünftig ist, obwohl er sich das Benzin nicht leisten kann, aber Norbert muss einmal etwas anderes sehen als immer nur den verfallenen Hof. Marko hat kein Ziel, fährt bei den Kreuzungen mal nach links, mal nach rechts, nie geradeaus. Hinter dem Zaun des Stadtparks kann er die Durstigen ausmachen, die ihre Kleider ausgezogen haben und die schmutzige Wäsche an den Baumstämmen ausklopfen. Lange Zeit sprechen Norbert und er nicht miteinander. Norbert starrt fortwährend aus dem Fenster, und Marko beginnt daran zu zweifeln, dass die Fahrt eine gute Idee war. Hier ist es noch schlimmer als auf dem Hof.

»Du trägst deinen Ehering nicht.«

Norberts Stimme unterbricht seine Gedanken. Marko blickt auf seine Hand, die das Lenkrad umklammert. Erst jetzt bemerkt er, dass auf seinem Ringfinger kein Abdruck mehr zu erkennen ist. Er ballt die Finger fester um das heiße Leder. »Stört bei der Arbeit.« Um weitere Nachfragen zu unterbinden, dreht er das Radio lauter. Ein Moderator nimmt Anrufe von Zuhörern entgegen.

Die Stimme eines jungen Mannes, aufgeregt und zittrig: *… dass die Regierung das Wasser absichtlich zurückhält, um eine Diktatur zu errichten. Das ist doch der erste Schritt.* Danach eine ältere Stimme, rau und heiser, als hätte der Mann sein Leben lang nur geraucht: *Die Lieferungen in den Süden müssen endlich aufhören.* Der Moderator schafft es nicht, die Verschwörungstheorien zu beenden. Er stellt eine Frau mit unangenehm hoher Stimme durch, die nur ihre Kinder wiedersehen möchte. *Vielleicht hören sie Ihre Sendung ja. Wo immer ihr seid: Bitte kommt zurück*, heult sie ins Telefon.

Niemand kommt zurück, denkt Marko.

Endlich wieder Musik.

Norbert wiegt den Kopf hin und her, dann zeigt er aus dem Fenster, sticht seinen Finger gegen die Scheibe. »Die alte Fabrik, in der Papa gearbeitet hat.« Neben der Straße eine Ruine, von Fabrik keine Rede. Norberts Körper sackt in sich zusammen. »Sollte man wirklich alles niederreißen. Lass uns den Anfang machen, eine Abrissbirne klauen, na los, was sagst du? Große Abrissparty!«

Lieber eine Explosion als langsames Verdursten, fallen Marko die Worte Aleksanders wieder ein. Er lenkt den Wagen um eine enge Kurve, fährt auf sein Haus zu. Selbst überrascht von der Zielstrebigkeit, mit der er seinen Weg findet.

Noch vor dem Tor springt er auf die Bremse.

Umzugskisten, über- und nebeneinander gestapelt, ein Lastwagen mit offener Ladeklappe und der Aufschrift: Dokumentfreier Umzug. Sein Nachbar tritt die Haustür auf und balanciert eine von innen ausgebeulte Schachtel über die Terrasse. Hinter ihm seine Frau, die besorgte Blicke nach links und rechts wirft, als könnte jemand die wenigen Habseligkeiten stehlen. Die Engels sind Markos Nachbarn, seitdem er das Grundstück vor Jahren zusammen mit Nehir erworben und schließlich das Haus gebaut hat. Ein Ehepaar, gemeinsam alt geworden, verrunzelt, aber agil.

»Warte hier«, sagt er zu Norbert.

Zu verkaufen. Ein mannshohes Schild prangt vor dem Haus. Rot auf Gelb. Und gleich daneben eine Warnung: Keine Plünderungen. Als gehörten beide Schilder untrennbar zusammen. Marko passt seinen Nachbarn ab, als der gerade die Schachtel in den Lieferwagen verfrachtet. »Sie hauen also auch ab«, fährt Marko ihn an, die Stimme aggressiver und kälter als geplant.

»Sie haben uns lange genug geholfen«, sagt Herr Engel gefasst. »Wir hätten noch Danke gesagt. Aber es geht nicht mehr, wir wollen auch nicht mehr. Die Schwester meiner Frau hat ein Haus. Weiter westlich. Etwas höher gelegen. Mehr eine Hütte, wenn ich ehrlich bin. Aber ausgestattet mit dem Nötigsten. Und noch zu erreichen.«

»Das hier kann hier doch keine Wartezone werden.« Marko schiebt sich zwischen Herrn Engel und die Ladefläche. »Für die, die nirgendwo sonst einen Platz finden. Für den menschlichen Rest.«

Herr Engel will etwas sagen, doch seine Frau kommt ihm zuvor: »Es geht Sie gar nichts an, was wir machen. Das ist eben unser Weg. Basta.« Sie wirkt nervös, streicht die dünnen Haare hinter die Ohren, leckt mit der Zunge über die trockenen Lippen.

»Das ist nur eine Übergangssituation.«

»Ja, aber nicht der Übergang zu etwas Besserem. Warten Sie nur bis nach den Wahlen. Dann will ich nicht mehr hier sein.«

Marko stellt sich ihr in den Weg. Er weiß nicht, warum er sich auf den Streit einlässt, etwas zwingt ihn dazu. Wie ein Hund mit Beißsperre kann er einfach nicht loslassen: »Es waren doch Leute wie Sie, die vor Kurzem noch ihre Blumen gegossen haben. Und jetzt?«

»Hätten Sie uns halt abgehalten«, geifert Frau Engel. »Warum lassen Sie uns auch unvernünftig sein, wenn Sie es so viel besser wissen?«

Marko ist so baff, dass er kein Wort über die Lippen bekommt.

»Wir können es uns einfach leisten, wegzugehen«, hebt Herr Engel abwiegelnd an. »Wir haben das Geld. Sie wissen doch, wie man sagt: Too Hot To Stay.« Der Kampfspruch der Durstigen an der Grenze. Seit einiger Zeit wird er auch von den Auswanderern verwendet, die diese Grenze in die andere Richtung überqueren. »Außerdem müssen Sie nicht so heilig tun. Ihre Frau ist auch weggegangen.«

»Aber doch nicht, um es sich besser zu machen. Sie ist ja sogar zurück zu ihren Eltern …« Ein rotes Auto braust über die Auffahrt davon, zieht eine Staubwolke hinter sich her. Durch die Heckscheibe sieht Marko den Kopf Nehirs, ihre langen Haare. Sie wendet sich nicht um, hat den Blick geradeaus auf die Straße gerichtet. Die Reifen rutschen auf dem Kies, der Wagen kommt ins Schlingern, doch Nehir ist eine gute Autofahrerin, hat alles unter Kontrolle, er muss sich keine Sorgen machen. Plötzlich eine Bewegung auf dem Beifahrersitz. Wer ist der Mann neben Nehir? Marko braucht einen Moment, bis er seinen eigenen Hinterkopf erkennt.

»Woanders ist es nicht wie hier«, unterbricht Frau Engel seine Fantasien. »Vielleicht reicht das alleine schon aus. Vielleicht lebt man dann wie neu. Sogar in unserem Alter.«

Marko läuft bereits zurück zum Auto.

Macht doch was ihr wollt, werdet schon sehen.

»Ihr solltet auch weggehen«, ruft Norbert ihm entgegen. Er ist aus dem glutheißen Inneren in den Schatten geflüchtet. »Ihr findet schon einen Ort, wo es nicht so scheiße ist.«

»Verdammt, wen meinst du eigentlich?«, fährt Marko ihn an und denkt: Es reicht. Endlich Nägel mit Köpfen machen, keine Lügen mehr. »Bist du wirklich so dumm, dass du es noch immer nicht kapiert hast?« Er hält seinem Bruder die Hand entgegen, an der der Ehering fehlt. »Nehir ist längst weg von hier.«

Kein Wort von Norbert, nur ausdrucksloses Starren.

Eine halbe Stunde später ist er zurück auf dem Hof.

Die Brücke erkennt Marko schon von Weitem, die Lichter, die ihre Unterseite erhellen. Längst sammeln sich nicht mehr nur Obdachlose dort, abends ist sie zum Treffpunkt der ganzen Stadt geworden, seitdem kaum mehr ein Lokal die Türen offenhält. Hier werden Nachrichten weitergegeben, die über offizielle Kanäle nicht zu bekommen sind, Handzettel verteilt und Gespräche gesucht, um an die neuesten Informationen zu kommen. Es wird aber auch getrunken, um die Spannung und die Aggression des Tages abzubauen. Während sich die Menschen zwischen den Betonpfeilern scharen, steht oben auf der Brücke die Polizei wie ein militärisches Kommando und verfolgt jedes Treffen wie eine geheime Verschwörung. Die Schattenrisse der Uniformierten entlang der Leitplanken muten gespenstisch an. Marko klettert die rostige Leiter hinab, auf die dumpfen Bässe der Musik zu, die durch die Nacht wummern: dodong – dodong – dodong. Wie ein Herzschlag, gleichmäßig und ruhig. Bestialischer Geruch dringt ihm in die Nase, als er seinen Fuß auf die Pflastersteine setzt, die Hände noch am Metall des Geländers. Direkt neben der Leiter, im Dunkel der Betonwand, hockt ein Mann, den Kopf zu Boden gerichtet, den Rücken gekrümmt. Als der Mann sein Gesicht nach oben wendet, bestätigt sich Markos Vermutung: Scheißt hier einfach auf den Boden.

»Was ist? Schau nicht so blöd«, blafft der Mann ihn an, das Gesicht angespannt, die Arme um die Knie gewickelt. Marko atmet in seine Armbeuge. »Wird ein Komposthaufen«, hört er den Mann noch rufen. »Ich mache mich nur nützlich.«

An den Brückenpfeilern klebt noch der Schlamm der letzten Überschwemmung. Von der Sonne getrocknet sieht er aus wie Beton. Seltsame Gebilde wachsen meterhoch nach oben, ein Bild wie eine Höhlenformation. Durch das U des Flussbetts zieht ein heißer Lufthauch. Immer kräftiger wummert der Bass, je näher Marko der Brücke kommt. Er fühlt die Resonanz in seinem Brustkorb.

Über der Brücke hat sich eine Rauchwolke gebildet, unbewegt. Darunter, von einem diffusen Licht beleuchtet, eine Gruppe Menschen, deren Gewusel für Unruhe sorgt. Kali sticht aus der Menge hervor, sie lehnt an einen Pfeiler und löffelt Essen aus einer Dose. Einige Meter weiter sitzen Bea und Val auf einer alten Bierkiste. Val beugt sich zu seiner Frau und flüstert ihr etwas ins Ohr, was sie sofort zum Weinen bringt. Marko erschrickt über den Anblick, doch Val nimmt nur Beas Kopf in seine Hände, drückt ihr einen Kuss auf die Stirn, fährt beruhigend durch ihr Haar, sie zittert am ganzen Leib. Was hat sie nur?

Marko wendet sich ab, als er eine schnelle Bewegung im Dunkel wahrnimmt. Berger läuft mitten im Flussbett auf ihn zu. Pass bloß auf, wo du hintrittst. Letztes Jahr wurden einem Jugendlichen nicht weit von hier beide Beine von einer alten Granate weggerissen. Genau in dem Moment hört Marko einen Knall. Dann eine kurze Pause, gefolgt von zwei weiteren Explosionen. Peng. – Peng. Peng. Die Polizisten auf der Brücke machen einen Schritt auf die Brüstung zu. Marko kann den Ursprung des Schusses nicht gleich ausmachen, erst durch das Nachladen wird er auf Imre aufmerksam, der an der Betonwand lehnt und mit einem alten Luftdruckgewehr auf vorbeilaufende Ratten schießt: »Bisschen Übung, dann erwische ich euch schon.« Marko ekelt sich vor den Tieren, die irre und aggressiv vor Durst aus allen Löchern kriechen, er beschleunigt seinen Schritt.

Aleksander kniet mit nacktem Oberkörper neben einem der Pfeiler, einen Kanister vor sich. »Habe ich selbst erfunden«, sagt er und zeigt auf die Gerätschaft, die mit mehreren Schichten befüllt ist. »Kies, Sand, Watte und Kohle.«

Marko hat immer noch die Bilder im Kopf: Aleksanders nackter Körper, der Kali gegen den Baum drückt. »Wusste gar nicht, dass du unter die Erfinder gegangen bist«, sagt er, als wäre nichts geschehen, und klopft gegen die Seitenwand des Wasserfilters.

»Nenn mich Edison«, antwortet Aleksander und kippt den Behälter von links nach rechts, der Inhalt festgeklopft. »Gib mir mal dein T-Shirt. Los, kannst mein Assistent sein. Wie früher.«

Marko spielt das Spiel mit. Er zieht sein Shirt über den Kopf, spannt die Muskeln an seinen Oberarmen an, an seiner Brust. Aleksander dehnt das Shirt an den Ärmeln und legt es behutsam über das Rund des Kanisters. Mit einem Schuhband bindet er die Öffnung zu, zieht den Stoff stramm und klopft auf die Oberfläche, die ein leises Trommeln von sich gibt. Marko kniet sich neben ihn und begutachtet das Ergebnis, fährt mit den Fingern in das kleine Loch am unteren Ende, das als Auslass für das Wasser dient. Er schnappt eine der herumliegenden Flaschen mit brauner Brühe, reicht sie Aleksander, der die Flüssigkeit tröpfchenweise auf Markos T-Shirt gießt.

»Immer noch ein gutes Team«, sagt Aleksander und klopft Marko auf die Schulter. »Wenn es sein muss. Und vielleicht brauchen wir das Zeug ja wirklich mal. Dann werden alle bei mir Schlange stehen, stundenlang. Irgendjemand wird in solchen Situationen doch immer reich, warum nicht ich? Bisschen Geld verdienen durch den Kollaps, nicht blöd von mir, was? Dann muss ich keinen von euch Verlierern je wiedersehen. Adiós, goodbye.«

»Und der Filter funktioniert?«, fragt Marko.

»Früher oder später …« Kalis Stimme, laut und schneidend. »… landen ohnehin alle bei mir.« Sie hat die leere Dose in der Hand, wischt den Löffel an ihrer Hose sauber.

»Wenn ich für ein Date mit dir diese Brühe trinken muss, dann soll es mir recht sein«, sagt Aleksander zu ihr und schüttelt den Kanister durch. »Möchtest du einen Schluck?« Die Flüssigkeit ist so schmutzig, dass man nicht hindurchsehen kann.

In dem Moment hallt erneut ein Knall von Betonwand zu Betonwand. Lauter als zuvor. Imre steht wenige Meter von ihnen entfernt und zielt ins Dunkel. Unzählige Ratten laufen in alle Richtungen davon, für kurze Zeit bleiben sie verschwunden, dann kriechen sie wieder aus ihren Löchern. »Vielleicht mach ich ja Gulasch aus den Viechern«, sagt er. »Sonst ist eh nichts mehr zu bekommen.« Noch nie hat Marko Imres Gesicht so ernst gesehen, so verkrampft. »Ich wollte auf die Hütte meiner Eltern. Bisschen Fleisch holen, Gemüse, das dort noch lagert. Um euch zu überraschen. Endlich wieder etwas Ordentliches mampfen. Wäre schön gewesen. Aber nichts zu machen, alle Zugänge gesperrt. Zu gefährlich, sagen sie. Nach den Murenabgängen im Frühjahr. Sind doch alles nur Ausreden, wenn ihr mich fragt. Es wollen einfach zu viele Menschen abhauen. Auf die Berge, bisschen kühler dort. Aber es ist die Hütte meiner Eltern, verdammt nochmal. Meiner Großeltern. Die gehört mir, die kann man doch nicht einfach so enteignen.« Er lässt den

Abzug klicken. »A rohadt életbe!«, schießt ihm der Fluch auf Ungarisch heraus.

Marko lässt sich neben Kali auf den Boden fallen, lehnt seinen Rücken an ihre Bierkiste. Sie fischt ein Feuerzeug aus ihrer Tasche und rollt das Metallrädchen, bis sie endlich eine Flamme zustande bringt. Sie schießt hervor, hoch wie eine Stichflamme. Marko riecht verbrannte Haare, dann süßlichen Rauch.

»Wahnsinn, das stinkt«, sagt er. »Was ist das für ein Zeug?«

»Gras«, sagt Kali und nimmt einen tiefen Zug.

Marko kneift die Augen zusammen. »Das Zeug riecht nicht nach Gras.« Er fächelt sich mit der Hand etwas Rauch in die Nase.

»Und ob«, sagt Kali und lässt ihren Oberkörper zurückfallen, plumpst von der Bierkiste auf den harten Boden. Mit ausgebreiteten Armen starrt sie auf die Unterseite der Brücke, als gäbe es dort etwas Spezielles zu entdecken. »Und verdammt gutes noch dazu.«

»Die Pflanzen verbrennen doch schon unter der Sonne«, sagt Marko. »Die schaffen es gar nicht bis zu deinen Lippen.«

Kali hält ihm den Joint entgegen und Marko greift zu, nimmt einen Zug. Erst beim zweiten Mal behält er den Rauch länger in der Lunge. »Dachte nicht, dass es das Zeug noch gibt.«

»Offiziell ist es Medizin.«

Plötzlich ein Schatten, der sich zwischen Marko und die Lichter der Brücke schiebt. »Ihr beiden Hübschen seht ja aus wie die Spinner der Dritten Welle mit ihren Drogen«, sagt Kowalski und stellt einen Fuß auf die Bierkiste. »Ziehen jetzt ringsum in leerstehende Häuser. Tauchen aber nicht nur bei uns auf, da braucht ihr euch nichts vorzumachen. Schwachsinn schafft es eben immer über die Grenzen. So hoch können die Zäune gar nicht sein.«

»Der ganze Scheiß hier zieht sich auch schon«, sagt Aleksander, der seinen Wasserfilter in einer Schubkarre vor sich her schiebt. »Klar, dass da bei manchen das Gehirn schmilzt. Früher hätte man in so einer Situation allen vernünftigen Menschen mehr Wasser zugeteilt, nicht denen. Ist doch ein Drecksverein, für den ihr beide arbeitet. Das Wasser ist doch da, wieso kriegen wir es nicht?« Er packt Kowalski und Marko am Nacken und schüttelt sie durch. »10.000 Euro wollen sie von mir haben. Angeblich habe ich illegal Wasser angezapft.«

»Und, hast du?«, will Kali wissen.

»Natürlich.«

Ein Lachen aus ihrem Mund, dreckig wie die ganze Stadt.

»Wenn du mir verrätst, wo ich es sonst hernehmen soll …«, sagt Aleksander. »Meine Leitungen sind immer noch im Arsch. Repariert mir ja niemand mehr. Und dann soll ich das Wasser teuer zukaufen.« Mit einem Ruck zieht er das feuchte T-Shirt vom Wasserfilter und wirft es Marko zu. »Klarawasser hat doch tatsächlich die Genehmigung für die Abfüllfabrik bekommen, platzt euch da nicht der Hals? Direkt vor der Stadt wollen sie die Fabrik hochziehen und uns das letzte Wasser abgraben. Soll dann tausendmal so viel kosten, nur weil sie es in hübsche Flaschen pumpen. Aber was die können, das kann ich schon lange.« Er öffnet den Hahn und lässt etwas Wasser aus dem Filter in seine Handfläche laufen, benetzt damit seine Lippen.

»Wir sollten lieber die Schmarotzer im Süden dafür bezahlen lassen«, pflichtet Kowalski ihm bei. »Wer es bis zu uns schafft, der überlebt auch zu Hause. Der hat einen Haufen Geld. Und Verbindungen. Also kann er auch zahlen. Und die anderen krepieren sowieso. Da helfen auch unsere geschenkten Lieferungen nichts. Was bekommen wir denn für die? Noch nicht einmal Dankbarkeit.«

Kalis Stimme zerreißt die Luft, laut wie eine Fehlzündung. »Jetzt hör mal auf mit der Scheiße«, schreit sie. »Du hast ja keine Ahnung, wie es außerhalb Europas aussieht. Schau dir die Durstigen doch mal an. Wie es denen geht, wenn sie ins Krankenhaus kommen. Die Krätze haben die alle. Hautkrankheiten, die ich seit Jahren nicht mehr behandelt habe, Infekte. Glaubst du, die sind freiwillig hier? Und jetzt überleg mal, wie es hinter den Pufferzonen zugeht, wenn es schon bei uns zu solchen Zuständen kommt. Erzähl denen mal, wie schlimm es ist, dass du dich für ein paar Stunden nicht waschen kannst. Anderswo schlagen sie sich die Schädel ein, verdammt. Oder verdursten einfach still und leise. Wir haben noch Glück gehabt. Uns geht es noch gut.«

»Ja, eben«, sagt Aleksander und schiebt sich zwischen Kowalski und Kali. »Wir haben noch etwas zu verlieren. Im Gegensatz zu denen.«

Kali zieht ihren Kopf in den Nacken, wie um einen Angriff vorzubereiten, doch in dem Moment ertönt Beas raue Stimme: »Valentin wird eingezogen.« Sie kommt langsam näher, den Arm um ihren Mann gelegt. »Wollten wir euch noch sagen. Und jetzt könnt ihr wieder aufeinander losgehen. Das ändert sicher was.«

Einige Sekunden sagt niemand etwas, erst dann findet Kali die Worte: »Eingezogen? Warum denn das?«

»Ihr wisst doch genau, wie es an der Grenze zugeht.«

»Das Schreiben ist heute erst gekommen«, sagt Val und zieht Beas Körper nah an seinen, drückt ihr einen Kuss auf die Wange. »Vielleicht ist es ja gut so, nicht? Das Geld können wir jedenfalls brauchen. Meine Eltern können uns nicht ewig durchfüttern.«

Marko springt auf, als er Beas Blick abfängt. Ich hätte Val einen Job verschaffen sollen, denkt er. Es zumindest versuchen. Ich bin auch nur eine feige Sau. Seine Schritte hallen im Flussbett wider, als er davonhastet. Er bleibt erst stehen, als es rund um ihn völlig dunkel ist. Hinter ihm die Versammlung als Insel unter der Brücke, ein gleißender, pulsierender Punkt.

»Val als richtiger Soldat. Kannst du dir das vorstellen?« Kali muss ihm dicht gefolgt sein. »Wer soll denn vor unserem Valentin Angst haben?«

Marko versucht ihn sich in Uniform vorzustellen, doch er bekommt kein Bild zusammen. Zu lange her, als Valentin Soldat spielte, Kappen und Abzeichen sammelte, verkleidet zur Schule kam.

»Die Zeit der Spiele ist wohl endgültig vorbei«, sagt Kali und schlurft näher, ihr Körper ein schwarzer Scherenschnitt vor dem Licht der Brücke. »Jetzt kann niemand mehr zu Mama und Papa laufen, damit alles in Ordnung kommt. Schon gar nicht wir beide.«

»Wie geht es deinen Eltern?«

Kali bleibt stehen, bevor Marko ihre Gesichtszüge ausmachen kann. Ein lautes Knacken: die Knöchel ihrer Finger. Einmal. Zweimal. Sie antwortet nicht sofort. Ein paar Töne Musik aus der Ferne.

»Sie überleben«, sagt sie schließlich. »Irgendwie bekommen sie es hin. Meine Eltern sind hart, genau wie ich.

Es gibt Wasser zu kaufen. Zehnmal so teuer wie hier, aber immerhin. Mein Bruder schickt ihnen Geld aus Norwegen. Und hin und wieder überweise ich auch ein wenig. Sie sind froh, dass sie uns rechtzeitig weggeschickt haben. Zumindest schreiben sie das. Aber in Wirklichkeit vermissen sie uns. Brauchen unsere Hilfe, nicht nur unser Geld.« Drei Schritte, und sie steht neben Marko, gemeinsam betrachten sie das Flimmern der Lichter. »Ich kann ihre Briefe kaum entziffern«, sagt sie. »Ich verstehe die Sprache einfach nicht mehr. Aber wenn ich an meine Mutter denke, sehe ich trotzdem nur das Gekritzel. Nicht mehr das Gesicht.«

»Ich kann mich an meine Mutter gar nicht mehr erinnern«, sagt Marko, die weiteren Worte stocken in seiner Gurgel.

»Lass uns einfach kurz still sein, gut? Die anderen dort sind ohnehin laut genug.«

Das Schweigen fühlt sich wohlig in Markos Bauch an.

Sie sind schon auf dem Weg zurück, als plötzlich Bergers Stimme durch das Flussbett hallt, er klingt aufgebracht und nervös: »Lasst Marko doch in Ruhe, ihr Arschlöcher. Er tut sein Bestes, was man von euch nicht behaupten kann.« Berger steht vor dem Pfeiler, den Rücken an den hart gewordenen Schlamm gedrückt. »Ihr jammert nur rum und versteckt euch, als wäre damit jemand geholfen.«

»Bist eben doch sein Hündchen«, krächzt Kowalski, sein Lachen halb Bellen, halb Husten. Mit einer schnellen Bewegung fischt er einen Stein aus der Hosentasche, pfeffert ihn in Bergers Richtung. Der zuckt zusammen, das Geschoss fliegt knapp an seinem Kopf vorbei. »Getroffen«, schreit Kowalski, als die Ratte vom Mauervorsprung fällt.

»Was zum Teufel macht ihr da?« Ein zweiter Stein landet mit einem Plong auf dem Boden, als Marko Kowalski zur Seite stößt. »Du bist sein Vorgesetzter. Sind bei dir alle Sicherungen durchgebrannt?«

Marko schnappt Bergers Arm und zieht ihn hinter sich her, weg von der Gruppe, weg von der Brücke. »Wieso hältst du nicht einfach mal den Mund?«, fragt er ihn, als sie schon bei der Metallleiter angekommen sind, der Gestank von Scheiße und Urin noch immer in der Luft. »Das sind nicht deine Freunde. Habe ich dir immer gesagt.« Er greift das rostige Metall der Holme, da hört er Bergers Stimme: »Kowalski ist ein mieses Schwein, das weißt du selbst am besten.«

»Komm, klettre einfach hoch.«

Das Auto kriecht über unbeleuchtete Straßen und Kreuzungen, an denen die Ampeln ausgefallen sind. Der Mond scheint durch die Scheiben, mal von vorne, mal von hinten. Marko durchquert die ganze Stadt, bis er schließlich vor Bergers Haus hält. Sein Freund schläft, als er die Beifahrertür aufreißt.

»Wach auf. Du bist zu Hause.«

Der Gang zu Bergers Wohnung ist ein langer, dunkler Schlauch ohne Fenster. 17, 18, endlich 19. Marko kramt in Bergers Hosentasche und findet den Schlüssel. Als der die Tür aufdrückt, schlägt ihm eine Ladung muffiger, abgestandener Luft entgegen. Neben der Tür ein Stapel Post. Rechnungen. DRINGEND, kann er lesen. LETZTE MAHNUNG. Und auf einem der Umschläge in Fettdruck: FREUDENFEIER 2. ZUKUNFT. UND ZWAR JETZT!

Er schlägt gegen den Lichtschalter, doch die Wohnung bleibt dunkel, obwohl der Ventilator in der Ecke sich dreht.

Er lässt Berger auf das Sofa fallen und geht zum Fenster, das mit einem dicken Samtstoff verhängt ist. Staub wirbelt auf, als er den Vorhang zur Seite zieht.

Marko war zum ersten Mal in Bergers Wohnung, als er mit ihm gemeinsam den Mietvertrag unterschrieb. »Und du willst wirklich nicht an den Stadtrand ziehen?«, hat er ihn damals gefragt. »Hier erstickst du im Sommer doch.«

Sein Freund hatte auf einer Wohnung im Zentrum bestanden.

»Hier braust mir das Leben in den Schädel«, meinte Berger. »Hörst du das nicht? Die Lieferwägen vor dem Supermarkt und die verdammten Mülltransporter. Die Besoffenen, die im Gastgarten kotzen. Das Kreischen der Straßenbahn. Das ist richtig geil, stört mich keinen Deut. Ich brauche Lärm, sonst gehe ich wieder vor die Hunde. Und das willst du doch nicht.«

Jetzt steht Marko wie damals vor dem Fenster, aber er hört keinen Mucks. Was ihn fasziniert, ist nicht die Stille an sich, sondern das Fehlen der Geräusche, die früher so selbstverständlich waren, dass er sie gar nicht mehr wahrnahm: der Lieferwägen, der Besoffenen, der Straßenbahn. Heute nichts mehr bis auf das ekelhafte Zischen, wenn wieder ein Tier im Insektengrill verbrennt. Ob das reicht, damit Berger nicht wahnsinnig wird?

An der Straßenecke neben der Fußgängerampel stehen zwei gepanzerte Fahrzeuge, davor bewaffnete Soldaten. Sandsäcke sind zu einer Straßensperre aufgetürmt.

Marko geht zum Sofa, knotet Bergers Schuhe auf und zieht sie mit aller Kraft von den geschwollenen Füßen. Dann lässt er sich in die Kissen fallen. Auf dem Tisch ein aufgeschlagenes Buch, Marko nimmt es in die Hand.

Get Back To Happiness steht auf der ersten Seite. Als er es zurücklegt, fällt ein altes Foto zwischen den Buchseiten hervor, die Farbe ausgeblichen. Marko und Berger nebeneinander, im Hintergrund die alte Raststation mit dem Namen Auf Achse. Berger arbeitete dort, um sich ein Studium zu finanzieren, das er nie abschloss. Schon damals unsicher und ängstlich, wollte er dennoch von allen gemocht werden. Mit Marko aber freundete er sich erstaunlich schnell an, obwohl sie nicht viel gemein hatten. Berger suchte seine Nähe, Marko ließ es zu. Weil er ein Gespräch brauchen konnte, wenn er nach Tagen auf der Straße dort eine Rast einlegte. Weil er die Aufmerksamkeit genoss. Als Berger gekündigt wurde, brachte die Hoffnung auf einen Neuanfang ihn schließlich hierher.

Marko legt das Foto zurück zwischen die Buchseiten und lässt seinen Blick schweifen. Ein winziges Wohnzimmer mit einer Kochnische. Eine Matratze in der Ecke, daneben die Schiebetür ins Badezimmer, darauf ein Poster: ein Zeichentrickhund mit einem Frisbee im Mund. Vielleicht wäre Berger in einem Nachbarschaftszentrum wirklich besser aufgehoben.

»Ich habe heute einen Kuckuck gehört.«

Marko erschrickt über Bergers Stimme. »Schlaf weiter«, sagt er.

»Einen richtigen Kuckuck«, fährt Berger fort.

»Ach was. Die gibt es doch schon lange nicht mehr.«

»Weißt du nicht, was wir früher immer gesagt haben, wenn ein Kuckuck gerufen hat? Jetzt wird es bald wieder kühler.«

»Ich weiß bis heute nicht, was das eine mit dem anderen zu tun hat.«

»Tja, so ist das eben«, sagt Berger. »Manchmal sagt man einfach irgendwas und weiß gar nicht warum.« Er fährt hoch, als hätte er einen Schlag abbekommen. »Scheiße, ich habe doch noch Eis eingefroren. War teuer wie Gold. Hab wochenlang darauf gespart.«

Keine Glühbirne in der Lampe, aber Eis im Kühlschrank.

»Habe ich früher täglich in mich hineingestopft«, sagt Berger mit einem freudigen Hüpfen. »Auf der Raststation. Bester Eisbecher der Welt. Mit Kirsche!«

Minuten später löffeln sie die kalte Creme, während auf dem alten Laptop ein Zeichentrickfilm läuft, in dem ein kleiner Roboter auf der völlig zugemüllten Erde ausharrt. Der Roboter tanzt zu einer Musicalnummer, und Berger lacht und weint und quiekt dazu wie ein Kind. »Das ist mein Lieblingsfilm«, sagt er und hält sich den schon leeren Eisbecher wie einen Hut über den Kopf, hüpft auf dem Sofa auf und ab. »Ist dir schon mal aufgefallen«, fragt er schließlich, als der kleine Roboter sich von seinem Freund, der Kakerlake, verabschiedet, »dass es gar keine Filme mehr gibt, die in der Zukunft spielen?«

Kurz vor dem Flug ins Weltall versagt der Akku und der Bildschirm wird schwarz.

»Ich wollte noch das Ende sehen. Den Roboter. Nicht mehr alleine.«

»Du kennst den Film doch schon auswendig.«

»Vermisst du sie?«, fragt Berger mit einem Mal.

»Nein«, sagt Marko.

Dann lange nichts.

Dann: »Ja.«

Berger lehnt seinen Kopf an Markos Schulter, schläft ein.

Marko hört sein feuchtes Schnarchen.

Er starrt auf den dunklen Bildschirm und denkt an seine Frau. Stellt sich ein Wiedersehen mit ihr vor. Zum ersten Mal, seit Nehir ihn verlassen hat. Er ist müde. Zu müde und zu schwach, sich die Gedanken wie sonst zu verbieten.

Schmäler und ausgezehrter sieht sie aus, am Ufer eines Sees stehend, dessen Fläche nur zu erahnen ist. Erst nach einigen Sekunden dreht sie sich zu ihm um und beginnt loszulaufen. Marko selbst kann sich nicht bewegen, ihr Anblick nagelt ihn am Boden fest. Doch dann machen seine Beine den ersten Schritt nach vorne. Er wirft sich ihr entgegen, die Arme ausgestreckt, bis er sie endlich berührt. Er umgreift ihre Taille, hebt sie hoch, hinter ihr der Sonnenuntergang. Er wirbelt sie herum, Musik setzt ein, als er sie endlich küsst.

Dann Dunkel.

Ende.

Scheiß Kitschfilm, denkt er.

Nicht einmal dafür habe ich Fantasie.

Bereits am nächsten Tag zieht eine Abordnung der Dritten Welle in das leerstehende Haus von Markos Nachbarn. Das Grundstück ist klein, die Zimmer bieten sicher nicht genügend Schlafplatz für alle. Ruhig und ohne Zwischenfälle besetzen die jungen Leute das Anwesen, binnen Stunden ist sein Anblick komplett verändert. Auf dem verbrannten Rasen im Vorgarten verteilen sie Plastikpflanzen, dazwischen errichten sie eine Schaukel und einen Sandkasten, den sie aus Holzplanken notdürftig zusammenzimmern. Das rote Schwimmbecken blasen sie zuerst auf, schieben es dann Richtung Straße, verteilen Spielzeug rundherum und platzieren eine Liege daneben. Nachdem sie ihr Werk im Garten vollendet haben, tragen sie mit letzter Kraft ihre Habseligkeiten aus dem Transporter nach drinnen. Die Riesin lehnt in der offenen Hecktür und beobachtet ihre Schützlinge.

Wenigstens werden sie dieses Mal nicht gefilmt, denkt Marko.

Nach einem Kontrollblick schließt die Riesin den fertig entladenen Transporter. Marko hat Bilder von ihr im Netz gesehen, sonst jedoch keine weiteren Informationen gefunden. Sie macht einen angespannten Eindruck auf ihn. Hübsch, ein aufgeräumtes Gesicht, mit einer Strenge um die Augen. Ein junges Mädchen kommt auf sie zu, packt einen Stapel Poster, der neben dem Transporter auf dem Boden liegt, und beginnt, sie von außen auf die Fensterscheiben des Hauses zu kleben.

Wir sind jetzt.

Third Wave.

Get international.

Ihr habt mir nichts getan, sagt Marko zu sich selbst. Gar nichts. Ich werde euch einfach ignorieren. Doch er schafft es nicht. Der Anblick der Jugendlichen stachelt ihn auf, setzt seinen Körper unter Strom. Er kann nicht anders, muss etwas unternehmen, ihr Treiben ist ihm unerträglich, wie das markerschütternde Kreischen von Fingernägeln auf einer Tafel: einfach nur weg damit, bevor es ihn in den Wahnsinn treibt. Schon rennt er auf das Grundstück zu, doch etwas hält ihn im letzten Moment zurück. Du musst dich einfach beruhigen, was sonst. Ja, was sonst? Er würde einen Fehler begehen, den er nicht mehr rückgängig machen kann.

Im Schlafzimmer gießt er die Pflanze. Es geht ihr gut, sie wächst und gedeiht. Als würde sie sich über Marko lustig machen. Hässliches Ding, denkt er. Braucht mehr Wasser als die ganze Stadt. Er streicht über ihre Blätter, dann reißt er sie mit einem Ruck aus der Erde, knallt sie in die Ecke und macht sich fertig für den Dienst.

Neue Nachricht
Empfangen: 08:03:22 Heute SIM: SIM 1

Das Auto ist niedergebrochen
Ich komme noch langsamer voran

Die Züge sind überfüllt. Wenn sie überhaupt fahren. Aber mach dir keine Sorgen. Das ist trotzdem eine Flucht erster Klasse. Noch bin ich in einem Niemandsland. Angeblich ist die Situation an der Küste besser. Das glaube ich aber erst, wenn ich es sehe. Es macht mich wahnsinnig, dass ich nichts von dir höre. Was habe ich denn erwartet? Dir geht es sicher gut, hoffe ich.

Hier ist es anders als knapp hinter der Grenze. Hier ist die Verzweiflung nicht so groß. Es ist viel ruhiger. Ich habe einen Mann getroffen, der hat sechsmal versucht über die Grenze zu kommen. Aber jetzt hat er aufgegeben. Ich werde begafft wie ein Weltwunder, tausend Dinge gefragt über unser Land. Ob wir wirklich noch Badewannen füllen. Ob es wahr ist, dass wir Freudenfeiern veranstalten, weil es uns besser geht als ihnen. Sie wissen gar nichts. Nur eines wissen sie mit Bestimmtheit: dass sie uns hassen. Obwohl wir ihnen Wasser schicken. Weil wir ihnen Wasser schicken. Weil sie gezwungen sind, es anzunehmen. Dabei tröpfelt es ohnehin nur. Ein Großteil der Lieferungen kommt gar nicht an. Oder nur in ein paar Oasen. Wer Geld hat, hier und da. Mach, dass jeder es weiß. Schreie es von den Dächern, wenn du musst. Wir wissen alle gar nichts.

Neue Nachricht
Empfangen: 08:03:22 Heute SIM: SIM 1

Erstes Mal wieder Internet
Habe den Zusammenprall gesehen
Ich mache mir wahnsinnige Sorgen um dich
Bist du sicher in der Wohnung?

10. – 13. August

»Hier ist kein Durchkommen, Sie müssen die Umfahrung nehmen.«

»Lass das meine Sorge sein«, sagt Marko. Von dem neuen Beifahrer, den man ihm heute Morgen kurzfristig zugeteilt hat, nimmt er keine Anweisungen entgegen. Er hat sich nicht einmal seinen Namen gemerkt, obwohl der muskelbepackte Bursche seit einem Jahr zum Team gehört, ihm in der Zentrale immer wieder über den Weg läuft. Andi. Andi Irgendwas. »Oder willst du nicht sehen, welcher Unsinn ihnen dieses Mal wieder eingefallen ist?«

Marko steigt auf das Gaspedal, das Röhren des Motors vertreibt die Menschenmenge von der Straße, sodass er mit dem Tankwagen langsam in Richtung Hauptplatz rollen kann.

In unregelmäßigen Abständen müssen die Schaulustigen ihre Taschen öffnen, den Hosenbund zeigen, Arme heben und sich von den Polizisten abtasten lassen. Seit es immer öfter zu Übergriffen auf die Dritte Welle kommt, werden die Protestzüge von Uniformierten begleitet. Bei der letzten Aktion vor dem Parlament rottete sich eine Handvoll Zuseher zusammen und beschoss die Jugendlichen mit mitgebrachten Steinen. Ein junges Mädchen wurde so schwer verletzt, dass es nach einer Notoperation immer noch im Krankenhaus liegt. Marko versah damals Dienst, doch er hörte erst im Nachhinein von dem Vorfall, irritiert über die rohe Gewalt, die scheinbar unvermittelt losbrach. Heute haben die Polizisten Schutzpanzer um ihre Ober- und Unterschenkel gebunden, schwere Helme verdecken die

Gesichter. In kurzen Abständen wechseln sie einander ab, weil die Mittagshitze bei voller Montur nicht lange zu ertragen ist. Als kein Weiterkommen mehr möglich ist, parkt Marko den Wagen in einer überdachten Hauszufahrt.

Die Dritte Welle hat sich vom leerstehenden Freibad am Rande der Stadt aus in Bewegung gesetzt. Die Jugendlichen sind seit mehreren Stunden unterwegs, da immer wieder neue Routen geöffnet und Straßen gesichert werden müssen. Es ist eine Parade, die durch die Stadt zieht, doch die Jugendlichen gehen nicht in Reih und Glied, schwirren vielmehr durch die Gegend wie ein Vogelschwarm, der die Orientierung verloren hat. Hin und wieder fasst die Riesin Einzelne von ihnen zu kleinen Gruppen zusammen, so finden sie ihren Weg. Die Schwimmkleidung haben sie gegen Winterklamotten eingetauscht: dicke Mäntel, voluminöse Pelze, Mützen und Schals, Handschuhe und Ohrenschützer. Marko hat keine Idee, wo sie solche Mengen an Verkleidung in so kurzer Zeit zusammentragen konnten. Wie Kreide auf einer Schultafel klingen die Kufen der alten Holzschlitten, die über den Asphalt gezogen werden, wie das Rauschen eines Radios die Plastikmodelle, deren Schnüre die kleinen Kinder in den Händen halten.

Es sind hunderte Jugendliche, die durch die engen Straßen der Innenstadt ziehen. Den Kopf der Parade kann Marko von seinem Platz am Rande der Hauptstraße aus gar nicht mehr erkennen. Die Temperaturen sind in den letzten Tagen abermals gestiegen. Wie halten sie das nur aus, denkt er. Vielleicht helfen die Pulverkugeln, die sie zwischen den Fingern zerreiben und schnupfen. Übermütige Kinder. Brauchen einen Tritt in den Hintern. Hin und wieder kollabieren einzelne Verkleidete, werden von den anderen in die Mitte genommen, ein Stück weit mitgetragen. Mäntel werden geöffnet und Mützen abgenommen, Wasser wird in Gesichter gespritzt. Kommen sie nicht sofort wieder zu sich, werden ihre Körper ohne viel Aufhebens ins Innere des weißen Lieferwagens verfrachtet, der den Zug abschließt.

Marko spürt bei dem Anblick ein gewisses Mitleid in sich, eine unbestimmte Trauer, aber vor allem Wut, die alles überstrahlt. Seltsam, denkt er, dass die Fröhlichkeit, die Ausgelassenheit und die Freude als Reaktion das genaue Gegenteil hervorrufen.

Normalerweise liegen die Straßen zur Mittagszeit ruhig und verlassen da, doch die Dritte Welle erregt Aufmerksamkeit. Immer mehr Rollläden werden hochgezogen und Vorhänge zur Seite geschoben. Eine Handvoll Männer versucht die Parade gewaltsam aufzulösen. Binnen Sekunden drängt die Polizei die aufgebrachte Gruppe in eine offene Hauseinfahrt zurück. Der Rest der Umstehenden beobachtet die Dritte Welle still. Nur einige Kinder winken der vorbeiziehenden Truppe völlig unbekümmert zu, scheinen sich über den Anblick der kostümierten Gestalten zu freuen wie über einen Zirkus, der in die Stadt kommt und für Abwechslung sorgt. Marko neidet ihnen die Sorglosigkeit.

NIE WIEDER: NIE WIEDER.

Die Schützlinge der Riesin springen und laufen über die Straße, kreischen schrill ihre Parolen.

FÜR IMMER DIE GEGENWART.

»Ich verstehe nicht, warum das noch immer erlaubt ist«, platzt es aus Marko heraus. »Wir haben Ausnahmezustand. Da wird es doch eine Regel gegen solchen Unsinn geben.«

»So was kann man nicht verbieten«, sagt sein Beifahrer trocken. »Nur aushalten. Wie wir alles aushalten.«

»Und wir müssen denen noch Wasser liefern«, fährt Marko fort. »Vernünftig sein. Aber ich frage dich: Sieht das vernünftig aus?« Er zeigt auf die Jugendlichen, die gegen das Metall des Tankwagens wummern, während sie sich an ihm vorbeidrängen. »Wir sind vernünftig und alle anderen spielen Kindergeburtstag.«

Ein Mädchen hält einen Schlitten in die Höhe, den Schal eng um den Hals gezogen, schwenkt ihn hin und her, die Kufen blitzen im Sonnenlicht. Sie deutet Marko mit einem Nicken, ihr zu folgen.

»Wir haben doch noch Zeit bis zum nächsten Einsatz«, sagt er, entriegelt die Tür und lässt seinen Körper nach unten gleiten. »Das sehe ich mir mal genauer an. Werden den Mund schon aufbekommen. Wäre doch gelacht.«

Marko schiebt sich zwischen der unverputzten Häuserwand und Tankwagen in Richtung Hauptplatz, kommt dem Ende des Zuges schnell näher. Mit einer raschen Bewegung versucht er, das junge Mädchen mit dem Schlitten zu greifen, doch sie zieht ihren Arm aus seiner Umklammerung, grinst ihn an und springt davon.

Jetzt bleib schon stehen, denkt Marko noch, ich will doch nur mit dir reden, da verzieht das Mädchen auf einmal das Gesicht, von ihren Augen nur mehr das Weiße zu sehen, dreht sich im Kreis und sinkt auf den Asphalt, als hätte man alle Knochen auf einmal aus ihrem Körper entfernt. Scheiße, schießt es Marko durch den Kopf, was zur Hölle … Er macht einen Schritt nach vorne, aber das Mädchen wird bereits von anderen Jugendlichen gepackt und zum Lieferwagen getragen, der einige Meter entfernt die Straße entlangrollt. Ihre Arme und Beine hängen leblos hinunter, als ihr Körper nach oben gehievt wird. Erst jetzt fallen Marko die zwei dicken

Pelzmäntel auf, die sie trägt, die Lederschuhe an ihren Füßen. Die Mütze ist ihr in den Nacken gerutscht, die langen schwarzen Haare hängen durchgeschwitzt in ihr Gesicht. Sobald ihr Körper jedoch auf die Bodenplatte des Transporters gelegt wird, schlägt sie ihre Augen wieder auf, wischt sich die Haare aus der Stirn und schüttelt ihren Körper durch, wie nach einem kurzen Nickerchen. Marko erhascht einen Blick auf ihr stolzes Grinsen, ihre zum High-Five erhobene Hand, bevor die Schiebetür des Wagens mit einem lauten Klappern zugezogen wird.

Was spielt ihr hier für ein falsches Spiel, denkt er.

Genau in dem Moment bleibt ein junger Mann vor Marko stehen, versperrt ihm den Weg. Rote Haut im Gesicht und weiße Flecken dort, wo die verbrannte Schicht sich löst. »Dem Ende ein Ende«, brüllt er und wirft Marko seine Handschuhe entgegen. »Dem Anfang ein Anfang. Gemeinsam gegen Furcht. Dritte Welle für immer!« Erwartungsvoll hat er seine Augen aufgerissen, die Zunge hängt im Mundwinkel. Marko muss an einen Hund denken, der spielen will. Wie in Zeitlupe nimmt der Junge seine Fellmütze ab, schiebt sie Marko über den Kopf, doch der schleudert sie sofort zu Boden. Was ist das für ekelhaftes Zeug? Marko riecht an seinen Fingern, eine klebrige Fettschicht vom Fell der Mütze auf seiner Haut. Er muss würgen, der Gestank nach alten Eiern ungewohnt intensiv, da zieht der Junge eine Wasserflasche aus seiner Manteltasche und schüttet ihm die Flüssigkeit ins Gesicht. Marko erschrickt, leckt das Wasser von seinen Lippen.

Es reicht, denkt er. Ich bin nicht dein Publikum.

Er macht einen Sprung nach vorne, der Junge jedoch ist schneller und läuft lachend davon, weg von der Dritten

Welle, weg vom weißen Lieferwagen, weg von der Riesin. Sein weißer Mantel leuchtet hell in der Sonne. Marko hört den Aufprall seiner Schuhe auf dem Asphalt, zögert kurz, dann läuft er ihm hinterher. Du entkommst mir nicht, denkt er. Und dann: Eigentlich sollte ich stehen bleiben. Ich bin vernünftiger als der kleine Spinner. Oder nicht? Wie ein Blitz fährt ihm der Schmerz durch die Wirbelsäule, wenn seine Füße auf den Boden knallen, doch Marko ignoriert ihn, rennt weiter, so schnell er kann. Plötzlich stolpert der Junge. Ein dumpfes Geräusch, als er fällt. Marko kommt über seinem Körper zu stehen. Nordic Cool steht auf der Brusttasche der Winterjacke.

»Wieso läuft du weg?«, keucht Marko. »Wovor hast du Angst? Ihr wollt doch nur Spaß, oder nicht?« Er packt den Mantelkragen mit beiden Händen, der Junge stößt einen lauten Jubelschrei aus, strampelt mit den Beinen und lacht hysterisch. »Whoo-hooo«, johlt er wie ein Kind, das sich vor Freude nicht mehr einkriegt.

»Was soll der Unsinn?« Der Stoff des Mantels rutscht zwischen Markos Fingern hindurch. »Was wollt ihr erreichen?« Er zieht den Körper zu sich hoch, doch der hat keine Spannung mehr.

»Spiele, bis du nicht mehr spielst«, quetscht der Junge hervor. »Fest der Freude Teil zwei. Whoo-hooo.«

»Werde endlich erwachsen.« Marko lässt den Mantelkragen los und der Junge landet auf dem Asphalt, verzieht jedoch keine Miene, hebt nur seine zitternden Hände zum Gesicht und formt einen Trichter. »Mehr Freude«, ruft er. »Mehr Freude, mehr Freude!«

Marko spürt einen Hass in sich aufsteigen, den er unmöglich hinunterschlucken kann. Beruhig dich, sagt er zu sich selbst. Doch sein Körper hat längst ein Eigenleben entwickelt, sein Kopf brummt, seine Muskeln zittern. Ein dumpfes Geräusch, als er seinen Fuß in den Bauch des Jungen tritt, ein befriedigendes Gefühl in seinem Magen. »Na los, sag etwas!« Es macht ihm Angst, doch er kann nicht aufhören, tritt weiter auf den Jungen ein. »Was soll die Scheiße. Warum macht ihr das? Was sind eure Ziele?«

Geh einfach zurück zum Tankwagen, denkt er.

Doch eine andere Stimme in ihm brüllt: Tritt nochmal zu.

Er tut es, und es fühlt sich gut an.

»Lassen Sie ihn in Ruhe.«

Eine unbekannte Stimme, dunkel und heiser.

Marko wendet sich um, hinter ihm die Riesin, eine Gruppe Jugendlicher im Gefolge.

»Also können Sie doch sprechen«, feixt Marko. »Ein Wunder ist geschehen!« Die Abordnung der Dritten Welle nimmt ihn in ihre Mitte, drängt ihn weg vom Körper des Jungen, der immer noch zusammengekrümmt am Boden liegt. »Sie wissen ja gar nicht, was Sie hier anstellen«, ruft Marko der Riesin zu, deren Kopf hinter den Jugendlichen hervorsticht. »Das ist doch absoluter Wahnsinn.« Jeder Atemzug ein Brennen in seinen Lungen. »Diese Kinder vertrauen Ihnen. Das ist verantwortungslos. Sie wollen nur auffallen. Die Situation ausnützen. Und die Kinder müssen es büßen.«

Die Riesin erwidert kein Wort, doch als sie den Jugendlichen zunickt, öffnet sich der Kreis sofort, den sie um Marko gebildet haben. Mit ausgestreckten Armen kommt sie ihm entgegen, bunte Kügelchen in den offenen Handflächen, Marko schlägt sie zur Seite. Lange blickt die Riesin ihm in die Augen und er hält ihrem Blick stand, obwohl sein Magen rebelliert, seine Hände zittern. Er starrt sie an, bis sie sich abwendet und dem immer noch am Boden liegenden Jungen bedeutet, sich zu den anderen zu gesellen. »Wir wollen keinen Hass«, sagt sie im Weggehen. »Wir wollen nur Freude. Der Hass sind Sie. Kommen Sie zu uns, wenn Sie ihn loswerden wollen. Sie können sich in einen neuen Menschen verwandeln. Feiern Sie mit uns die reine Gegenwart.«

Erst jetzt kommen zwei Polizisten angetrottet, die Hände an den Waffen, doch die Riesin ordnet bereits Rückzug an.

»Lassen Sie mich bloß in Ruhe mit dem Scheiß«, ruft Marko ihr nach, als die Gruppe bereits wieder zum Rest des Zuges aufschließt. »Sie werden schon noch sehen, wo das hinführt.« Er bückt sich nach einem der Kügelchen, die auf dem Boden verstreut liegen, kratzt an der bunten Oberfläche. Ein kleiner Teil bricht ab, darunter eine undefinierbare Masse. Marko riecht daran, steckt sie schließlich in seinen Mund. Langsam schmilzt die Hülle, und die Masse explodiert auf seiner Zunge. Er erkennt den Geschmack nicht sofort, doch dann begreift er: Es ist Brause.

Was zum Teufel …?

Kein Gedanke wird klar, keine Erklärung ergibt Sinn.

Verwirrt läuft er zurück zum Tankwagen, lässt sich in den Fahrersitz fallen. »Nächster Einsatz.« Sein Beifahrer liest eine Adresse vor. Im Vorbeifahren sieht Marko die Parade auf den Hauptplatz zuströmen.

»Verdammt, Kowalski. Was ist jetzt mit Berger?« Marko drückt das Funkgerät fest an seinen Mund, spürt das heiße Plastik an seinen Lippen. »Muss ich selbst vorbeifahren?«

»Er ist einfach nicht aufgetaucht.« Kowalski klingt gestresst, als er sich aus der Zentrale meldet. »Ich hab keine Ahnung. Und noch was anderes zu tun, als mich um Berger zu kümmern. Hier ist die Hölle los. Wahrscheinlich war der Druck zu groß. Hab ich dir doch gesagt.«

Marko beißt sich von innen in die Wange, um nicht loszubrüllen. »Hat ihn jemand angerufen?«, fragt er.

»Natürlich hat ihn jemand angerufen, was denkst du denn?«

Marko schiebt das Funkgerät zurück in die Halterung und schnappt sein Telefon aus der Mittelkonsole. *Ihr gewünschter Gesprächspartner ist zurzeit …* »Verdammte Scheiße!« Er klatscht seine offene Hand auf das Armaturenbrett. »Was?«, blafft er seinen Beifahrer an, der den Sprung im Plastik beäugt. »Halt bloß den Mund. Ist mein Wagen.«

Während des restlichen Einsatzes ist er nervös und angespannt, aus der Zentrale kommt immer noch keine Nachricht von Berger. Als er den Wagen auf das Gelände des Nachbarschaftszentrums lenkt, springt ihm ein neues Plakat entgegen, die Farben frisch, das Papier ohne Risse. Auf dem Bild grinst ein Soldat zufrieden. Sein Gesicht verschwimmt, die Züge werden unscharf und weich. Langsam verwandelt sich der Soldat in Val und wieder zurück. Reiß dich zusammen, sagt Marko zu sich selbst, du halluzinierst ja schon. Hinter dem Soldaten ist der Grenzzaun zu sehen. Doch auf dem Bild fehlen alle Durstigen. Es gibt kein Gedränge, keinen Dreck zu sehen. Klinisch rein, zuversichtlich und freundlich. Wie die Werbung für ein Schmerzmittel. LEISTE AUCH DU DEINEN BEITRAG. Fette Schrift über dem Soldaten.

Sei bloß ruhig, giftet Marko ihn an. Ich leiste schon meinen Beitrag.

Das Zentrum ist mittlerweile auch tagsüber voll belegt, vor der Tür hat sich bereits eine Schlange gebildet. Marko drängt sich an den Wartenden vorbei ins Innere und bleibt vor einem der Ventilatoren stehen, lässt die heiße Luft unter sein Hemd fahren und beobachtet die Zuteilung der Rationen, das Geschiebe im Schlafraum, das Gedränge im Bereich des Roten Kreuzes, das seit Kurzem hier Dienst versieht. Die Menschen halten Mappen und Zettel in den Händen, Unterlagen und Papiere, um ihre Wasserration zu beantragen oder um eine gekühlte Notschlafstelle zu ergattern. Es sind viel mehr Menschen als in den letzten Jahren, selbst auf dem Boden ist kaum ein freier Platz zu bekommen. Was sollen wir denn noch machen?

Aus einem Transistorradio im Wartebereich dröhnen die Stimmen zweier Moderatoren, die ihrem Frust freien Lauf lassen. *Wahnsinn. Mit dem neuen Plan hat man uns einen Ziegel umgehängt*, sagt die eine Stimme, schrill und hoch. *Das kannst du laut sagen*, stimmt eine zweite Stimme zu. *Wenn der Plan wirklich in Kraft tritt. Lass es uns nochmal hören. Aber, liebe Leute: Immer schön die Ruhe.* Ein Klicken, dann wird ein Mitschnitt der Rede vom Vortag eingespielt, niemand außer Marko scheint den Worten zu lauschen. Die Stimme des Kanzlers ist anders als die der zwei Moderatoren: dunkel und beherrscht. *Die bisher weitreichendsten Rationierungen sind als Vorsichtsmaßnahme zu betrachten. Um die Versorgung sicherzustellen, wird die unterstützende Öffnung der verbliebenen Staudämme geprüft.* Die weiteren Worte ein Rauschen. *Ganz große Scheiße*, stöhnt der Moderator, als die Rede beendet ist. *Darf man im Radio Scheiße sagen,* fragt sein Kollege. *Hat unser Kanzler doch gerade auch getan.*

Marko ist froh, als die letzte Lieferung des Tages abgesagt wird.

»Im Lager gibt es Unruhen«, funkt Kowalski, als Marko sich nach der Befüllung der Nottanks in der Zentrale meldet. »Dort ist es gerade nicht sicher für euch. Die Durstigen haben alles für ihren Angriff benutzt: Latten, Steinbrocken. Das Militär musste Tränengas verwenden, um die Situation unter Kontrolle zu bringen.«

Genaueres erfährt Marko auch auf Nachfrage nicht.

Eine halbe Stunde später lenkt er den Tankwagen in die Einfahrt zur Zentrale, als er einen hingestreckten Körper vor dem Zaun erblickt, das Wachpersonal im Halbkreis dahinter positioniert.

Der Mann auf dem Boden hat die Arme ausgestreckt, als umarmte er jemand, die Füße unnatürlich nach innen verdreht. Der Sand unter ihm ist vom Blut rot getränkt. Sein Kopf ist zur Seite gedreht. Die Uniformierten deuten Marko zum Weiterfahren, im Vorbeifahren erhascht er einen kurzen Blick auf das Gesicht: den langen Bart, die mit Schmutz verklebten Haare.

Es ist das erste Mal, dass jemand versucht das Gelände bei Tageslicht zu stürmen. Marko sieht die Durstige vor sich. Wie sie sich den Arm mit dem Messer aufschneidet. Hoffentlich finden all die Wahnsinnigen und Verzweifelten nie zueinander, denkt er.

»Die Wasserlieferungen an das Flüchtlingslager sind eingestellt.« Kowalski streckt sich, sodass sein Kopf hinter den Bildschirmen hervorschaut. »Das sorgt für ein bisschen Unruhe unter den Durstigen. Wenn man das so nennen kann.«

»Komplett eingestellt?« Marko setzt seine Unterschrift unter das Formular und schnappt sich eine Duschmarke. »Das kann doch nicht funktionieren. Das sind doch tausende Menschen.«

»Noch ist ja Wasser in den Tanks. Und dann: mal sehen. Wenn es nach mir ginge, hätte man denen schon lange die Lieferungen gestrichen.« Kowalski zieht seine ausgestreckte Hand den Hals entlang. »Kein Wasser, keine Probleme.« Er nimmt den Kopfhörer ab und beugt sich nach vorne: »Sollen doch selbst schauen, wie sie über die Runden kommen. Ist nicht unser Problem. Du weißt, was man mit ungezogenen Kindern macht.« Er zischt die flache Hand zwei Mal durch die Luft, als würde er jemand ohrfeigen. »Mir ist schon klar, wie ihr über mich denkt«, sagt er, als er Markos angeekelten Blick bemerkt. »Für euch bin ich das Arschloch vom Dienst. Aber es braucht Leute wie mich. Wer macht denn sonst die Drecksarbeit? Ihr seid euch doch alle zu fein dafür. Großes Gerede aber keine Aktion. Ich bin euer Arschloch, damit ein paar Dinge funktionieren. Und ein paar andere Dinge richtiggestellt werden. Dass ihr mich dafür verachtet, halte ich aus.« Stolz streckt er die Brust nach vorne. »Aber lüg dich nicht selbst an. Das steht dir nicht.«

Marko ist schon auf dem Gang, als Kowalski ihm nachruft: »Bevor ich es vergesse: Sie haben Berger gefunden. Sag schön bitte, dann verrate ich dir auch, wo.«

Ein Stöhnen, Aufbäumen. Dann zusammenhanglose Worte. Bergers Mund klappt auf und zu, es klingt wie das Geräusch beim Öffnen eines Klettverschlusses. Marko steckt seinen Finger in das Wasserglas am Nachttisch und fährt vorsichtig über Bergers ausgetrocknete Lippen. Die Haut saugt die Flüssigkeit gierig auf wie ein Schwamm. Marko nimmt Bergers Hand, spürt die zuckenden Muskeln. Er streicht mit seinem Daumen über den rauen Handrücken. »Shh. Shh. Shh.«

Langsam entspannt sich Bergers Körper, wird weich und gelöst, sinkt zurück in die tiefe Kuhle der Matratze. Marko lässt Bergers Hand los und drückt seinen Rücken gegen die Holzlehne. Ein Quietschen, als er den Stuhl nach hinten kippt und die Beine auf das Bett legt, doch Berger schläft einfach weiter, nur aus den anderen Ecken des Schlafsaals fängt er böse Blicke ein. Er beobachtet die Infusion, die Tropfen für Tropfen in Bergers Arm verschwindet. Nichts unterbricht die Stille, nur aus einem Nebenzimmer hört er leises Gemurmel. Unter der Bettdecke zucken Bergers Füße hin und her, als strample er auf einem unsichtbaren Fahrrad, sein Körper kommt nicht zur Ruhe.

Irgendwann gegen Mitternacht streckt Kali den Kopf zur Tür herein. »Ich habe nicht lange Zeit«, sagt sie. »Ist alles in Ordnung bei dir?«

»Alles in Ordnung«, sagt Marko. »Und wie sieht es bei ihm aus?« Mit einem Kopfnicken deutet er auf Berger, dem ein Speichelfaden aus dem Mundwinkel hängt.

»Der Infekt ist hartnäckig. Aber ich habe ein Auge auf ihn und ich bin hartnäckiger.«

Als sie die Tür hinter sich geschlossen hat, nimmt Marko ein Kissen aus dem Metallspind und kauert sich in den Stuhl. Ein Piepsen des Monitors. Kurz setzt das Piepsen aus, bevor es regelmäßiger wird und Marko einschläft.

»Verdammt, du kleiner Vollidiot«, sagt er, als Berger gegen Mittag endlich die Augen aufschlägt. »Was zur Hölle …?«

»Wie sehe ich aus?«, sind die ersten Worte, die Berger von sich gibt.

»Wie ein Zombie.« Marko streicht ihm die Haare aus dem Gesicht.

»Aber ein gutaussehender Zombie, nicht?« Berger stößt die Ellbogen in die Matratze und richtet seinen Oberkörper auf.

»Ja, klar«, sagt Marko. »Alle Körperteile noch dran.«

Bergers Augen sind eingefallen, seine Haut ist grau und glänzt, als wäre sie mit einer Fettschicht überzogen. Er sieht alt aus. Marko fühlt sich unsicher und hilflos, als er Berger so vor sich sieht. Er strengt sich an, um in dem Körper, der im Krankenhausbett liegt, noch einmal den jungen Mann zu erkennen, mit dem er sich vor fast zwanzig Jahren angefreundet hat. Ich muss nur genauer hinsehen, denkt er. Irgendwo muss sich das Gesicht von damals doch finden lassen. Die großen Augen, die buschigen Haare, die Lachfalten. Doch im Bett liegt kein junger Mann mehr, sondern ein kranker, schockierend zerbrechlich wirkender Mensch, für den er sich immer noch verantwortlich fühlt.

»Was ist?«, unterbricht Berger seine Gedanken. »Hängt mir Rotz an der Nase oder was?« Er fährt mit dem Handrücken über sein Gesicht, schnäuzt sich in seine Finger.

»Wie ist das passiert?«, fragt Marko. »Du hast doch immer so eine Scheißangst vor der Quarantänestation gehabt. Dich nicht einmal hineingetraut. Warum hast du nicht besser aufgepasst?«

»Muss mir was eingefangen haben«, sagt Berger. »Wahrscheinlich das Wasser. Es ist gefiltert, hat er gesagt. Aber es hat so komisch gerochen. Normalerweise hätte ich mich damit nicht einmal gewaschen. Aber ich hatte so großen

Durst. Ich habe nicht geglaubt, dass es so schlimm wird. Ein bisschen Durchfall, damit hätte ich leben können. Scheißerei bin ich gewohnt. Aber das hier?« Berger streckt beide Arme nach oben, der Schlauch der Infusion wird straffgezogen.

»Woran kannst du dich noch erinnern?«, fragt Marko, und Berger schließt die Augen, als könnte er so besser nachdenken: »Nicht viel. Ich habe nicht mal mehr meinen eigenen Namen gewusst, als sie mich abgeholt haben. Die Sanitäter haben mich wohl für einen der Durstigen gehalten. Muss schlimm ausgesehen haben, wie? Und dann Kali. Das war aber schon im Krankenhaus. Sie hat meinen Namen gesagt und dann ist er mir auch wieder eingefallen, eh klar.« Berger zieht etwas Schleim die Nase hoch. »Das ist alles. Ich strenge mich an, aber sonst kommt nichts.«

Marko fühlt seine Stirn: »Du hast immer noch Fieber.«

»Das ist völlig normal, checkst du es nicht?«, sagt Berger. »Die ganze Welt hat Fieber. Fieber killt die Bakterien und danach ist man wieder kerngesund.«

»Wo hast du den Unsinn denn her?« Marko fährt mit den Fingern über Bergers Kopf, seine Haare sind feucht und kleben an der Haut fest. »Komm erst mal wieder zu Kraft.« Im Hinausgehen spritzt er eine Ladung Desinfektionsmittel in seine Hände und verreibt sie, bis die Haut schmerzt. Auf Nummer sicher.

»Brennt wohl schon wieder«, sagt Marko und deutet müde zur Rauchsäule, die dunkel qualmend in einiger Entfernung aufsteigt.

Kali sitzt auf einem Plastikstuhl vor der Quarantänestation und folgt seinem Blick. »Schon seit ein paar Stunden«, sagt sie. »Sei still, dann hörst du die Sirenen heulen. Muss ganz nah sein.«

Einige Sekunden lauschen sie dem Auf und Ab des Tons, dann fragt Marko: »Sollte dein Dienst nicht längst zu Ende sein?«

»Mein Kollege ist heute nicht aufgetaucht. Sein Garagentor geht ohne Strom nicht auf und er steckt fest, der Idiot. Und welcher andere Idiot wohnt gleich um die Ecke von hier?« Sie zeigt mit beiden Daumen auf sich und dreht sich im Kreis. »Wie geht es Berger?«, fragt sie und schiebt die Sonnenbrille von der Nase, fährt mit den Fingern über die geschlossenen Lider.

»Sieht schwach aus«, sagt Marko. »Aber was zum Teufel weiß ich schon. Solltest du mir das nicht sagen?«

»Nicht mein Fachgebiet.« Kalis Füße zucken vor und zurück, sie lässt ihre Sonnenbrille in der Hand rotieren. »Aber eines kann ich dir garantieren: Das war nicht nur ungefiltertes Wasser. Von wem auch immer er es bekommen hat, derjenige hat ihm eine richtige Drecksbrühe eingeflößt.«

»Du zitterst.«

Kali hält die Hand vor ihr Gesicht und betrachtet ihre Fingerspitzen. Erst als sie sich eine Zigarette anzündet, wird ihr Körper etwas ruhiger. »Ich habe seit Wochen nichts von meinen Eltern gehört«, ihre Stimme fast nur ein Hauchen. »Mit dem Telefon komme ich nicht durch. Eine Nachricht konnte ich abschicken, immerhin. Mal schauen, ob sie auch ankommt. Aber selbst wenn. Meine Eltern haben sicher Besseres zu tun, als an mich zu schreiben. Wenn es stimmt, was man in den Nachrichten so hört.« Sie setzt die Sonnenbrille wieder auf ihre Nase, sodass Marko ihre Augen nicht mehr sehen kann. »Ich habe Angst. Zum allerersten Mal in meinem Leben. Nicht mal als Kind habe ich Angst gehabt, mit meinem Bruder auf dem Schiff, die einzigen Kinder. Nicht im Heim, obwohl ich da schon alleine war, nirgends. Dafür jetzt. Ein Scheißgefühl.«

Noch bevor Marko etwas Tröstliches sagen kann, bemerkt er einen Mann, der in einiger Entfernung an der Friedhofsmauer lehnt. Er sieht aus wie einer der Durstigen: zerstochene Haut, eingefallenes Gesicht, der Körper geduckt, die Arme zittrig. Der Fremde lässt die Augen von links nach rechts und wieder zurück schweifen und scheint sich Mühe zu geben, seinen Blick nicht allzu auffällig an Kali zu heften.

»Kennst du den Typen?«

Anstatt zu antworten, winkt Kali den Fremden mit einer schnellen Handbewegung zu sich. Ein paar Sprünge, und er baut sich vor ihr auf, zwei Geldscheine in der Hand. Kali greift das zerknüllte Papier, drückt ihm Tabletten zwischen die Finger.

»Kein Wort«, raunt sie Marko zu, während der Mann die Tabletten im Weglaufen in seinen Mund wirft. »Wir brauchen alle etwas Stärkeres als Gras. Macht jeder so. Und irgendwie müssen wir ja zu Geld kommen. Das hier …« Sie zieht mit den Fingern an ihrem Arztkittel, als wäre er ein alter Lappen. »…macht dich nicht mehr reich. Außerdem musst du die Tabletten ja nicht kaufen. Obwohl. Ist gutes Zeug.« Sie hält ihm die Pillen entgegen, sieht ihn erwartungsvoll an.

Marko überlegt einen Moment, dann greift er zu. Er lutscht den Stoff, ein warmes Gefühl in seinem Kopf, dieses Mal nicht nur Brause zwischen den Zähnen.

Ein lautes elektrisches Bzzz, als Marko gegen die Klingel drückt. Hinter ihm der Flur, unzählige Türen. Die meisten Lampen an der Decke bleiben dunkel, nur einige geben noch Licht ab. Er drückt den Finger noch einmal auf das Metall der Klingel, spürt einen leichten Schlag auf der Haut. Endlich Schritte. Ein Schlurfen, als zöge man Sandpapier über den Boden.

»Ich komme«, hört er Aleksanders Stimme. »Ich komme ja schon. Immer mit der Ruhe.« Ein Klicken im Schloss, dann wird die Tür ein paar Zentimeter weit geöffnet, Aleksanders Gesicht erscheint im Spalt, die Lider geschwollen. »Marko. Gut, dass du da bist«, sagt er aufgeregt. »Kowalski hat gerade angerufen. Es ist etwas passiert.«

Marko knallt die Faust gegen die Tür und drückt sie auf, Aleksander stolpert zurück, bekommt den Garderobenhaken zu packen, nur deswegen landet er nicht auf dem Rücken. Der Vorraum riecht nach Schweiß und noch etwas anderem, Vergorenem.

»Verdammt, pass doch auf.« Aleksander ist nackt, hält sich die Hände vor den Schwanz, verschrumpelt und klein. Seine Haut fahl, ein paar Haare auf der Brust, auf den Beinen. Von Muskeln längst nichts mehr zu sehen. Die Tätowierung blass und durchscheinend. »Lass mich wenigstens etwas anziehen.« Er dreht sich um und greift nach der Hose, die auf der Garderobenablage liegt, hüpft auf einem Bein auf und ab. »Scheiße, hör zu. Ich muss dir etwas sagen.«

»Ihr seid schuld«, lässt Marko ihn nicht zu Wort kommen. Er macht einen Sprung auf Aleksander zu, der abermals stolpert und mit dem Arsch auf der Ablage landet, die Hose nur bis zu den Knien hochgezogen.

»Aber ich kann doch nichts dafür.« Aleksanders Stimme bekommt Kraft. Er reißt seine Augen auf, streicht seine Haare nach hinten und reckt das Kinn nach vorne. »Jetzt atme erst mal durch. Dann kümmern wir uns um alles.«

»Natürlich bist du schuld.« Marko spürt die Wirkung der Tabletten. Sein Kopf ist frei, die Angst wie weggeblasen. »Das wirst du büßen. Hätte dir ja viel zugetraut. Aber das … Dass du so tief sinkst.« Er ballt die Hände zu Fäusten und hält sie Aleksander vors Gesicht. »Ich zeig dir, wer hier der große Macker ist.«

»Ich war doch gar nicht in der Nähe.«

»Ihr flößt ihm ungefiltertes Wasser ein«, schreit Marko, als sein Blick plötzlich auf das Foto neben der Garderobe fällt: Kali und Aleksander nebeneinander, sein Arm um ihre Schulter gelegt. Marko kennt das Foto, doch alle anderen Menschen darauf wurden mit einer Schere entfernt. Er ist wie fixiert auf das Bild, schüttelt den Kopf, um sich aus den eigenen Gedanken zu reißen: »Du gibst ihm deine selbst gepantschte Brühe zu saufen, was immer da drinnen ist. Und warum? Nur weil er dein Freund sein will? Weil du dir einen Spaß daraus machst? Du weißt doch, was mit ihm passiert ist.«

»Wovon redest du eigentlich?«

»Berger. Ich rede von Berger. Er liegt im Krankenhaus.« Plötzlich ein Schwindelanfall, Marko stützt sich an der Wand ab. Ein Drehen und die Wände rutschen zur Seite, der Boden nach oben.

»Und was hat das mit mir zu tun?«

Marko taumelt einen Schritt auf Aleksander zu, bis er direkt vor ihm zum Stehen kommt und seinen Atem riecht. Ein Gestank nach Hundefutter. »Ich werde dich anzeigen«, zischt er.

Aleksander will vor Marko zurückweichen, doch sein Rücken drückt gegen die Wand. »Du hast keine Ahnung, oder?« Er legt seine Hände beruhigend auf Markos Schultern. »Das mit Berger. Das wollte ich nicht. Der kleine Idiot konnte nicht warten, bis das Wasser komplett gefiltert war. Aber das ist jetzt im Moment echt nicht wichtig, also hör mir mal zu.«

Irgendetwas in Aleksanders Augen überrascht Marko. Er braucht einen Moment, bevor er kapiert: Es ist Trauer, nicht Angst.

»Kowalski hat angerufen. Hat dich nicht erreicht.«

Marko zieht sein Telefon aus der Tasche, kein Strom.

»Wir müssen zu Norbert.«

Markos Ohren sausen, sein Brustkorb wird eng, sein ganzer Körper zittert. Er versteht nur mehr Fetzen von dem, was Aleksander sagt, stolpert über die Türschwelle und greift nach der Klinke, doch mit den feuchten Händen rutscht er ab, fällt auf den Fußboden.

»Wir nehmen mein Auto.« Aleksander nimmt ihn bei den Handgelenken und hilft ihm auf. »In deinem Zustand kannst du nicht fahren. Los.«

Angefacht von einem heißen Wind frisst das Feuer Meter um Meter des alten Bauernhofs. Die Flammen erleuchten die Fläche vor dem Hof, über die Rauchwolken ziehen. Nur das Knistern des Brandes und das Knacken der Holzbalken sind aus der Entfernung zu hören.

»Tritt endlich auf das scheiß Gaspedal.« Marko hat die Hand schon am Türöffner, doch der Wagen schlittert noch über den Schotter der Zufahrt, nähert sich nur langsam. »Verdammt, worauf wartest du?«

Die Feuerwehr steht mit mehreren Wägen auf den Feldern vor dem Hof und beobachtet das Treiben. Niemand greift ein, kein Wasserstrahl wird auf die Flammen gerichtet, das Feuer vernichtet den Hof ungestört. Nur das trockene Buschwerk, das sich zum Waldstück hin erstreckt, wird gesichert.

Mit einem Mal fliegt Markos Körper nach vorne, sein Brustkorb fängt sich im Gurt, als Aleksander das Bremspedal durchtritt. Mehrere Feuerwehrzüge sperren das Gelände weiträumig ab.

»Weiter kommen wir nicht«, sagt Aleksander noch, da springt Marko schon aus dem Wagen, schlägt einen Haken und läuft zwischen zwei Feuerwehrmännern hindurch Richtung Hof. Er rennt, so schnell er kann, verlangsamt seinen Schritt erst, als die Hitze der Flammen unerträglich wird und seine Haut zu kribbeln beginnt. Warum ist denn niemand hier? Man muss doch … Mit einem Ruck wird sein Körper zurückgerissen, ein Arm umklammert seine Hüfte.

»Beruhig dich«, hört er die Stimme Aleksanders in seinem Ohr. »Oder willst du verbrennen? Komm, hör auf zu kämpfen.«

»Wo ist Norbert«, stammelt Marko. Sein ganzer Kopf wummert, als die Wirkung der Tabletten langsam nachlässt. »Hast du Norbert gesehen? Oder ist er noch da drinnen …«

»Hockt dort hinten im Feuerwehrwagen«, beruhigt Aleksander ihn. Du bist einfach an ihm vorbeigerannt.«

»Warum löscht denn niemand den Hof?« Marko wird schwindlig, er stützt seine Hände auf die Knie. »Das kann doch nicht sein.«

»Sie lassen ihn niederbrennen Es zahlt sich wohl nicht aus.«

»So eine Scheiße.« Spucke fliegt von Markos Lippen. »Das ist unser Hof. Es muss sich auszahlen, hast du verstanden? Wir müssen sie zwingen. Und du musst mir helfen.« Er will abermals loslaufen, doch seine Knie geben nach. »Das ist doch Wahnsinn.« Marko schafft es kaum, das Geräusch des Feuers zu übertönen. Ein beißender Gestank verätzt seine Nasenlöcher. Er fühlt die enorme Hitze, die wie eine Wand gegen ihn drückt, seine Lider aufgerissen, obwohl der Rauch ihm die Tränen in die Augen treibt. Wie im Zeitraffer fällt das alte Gemäuer den Flammen zum Opfer. Die Umrisse des Hauses tanzen als wilde Schatten auf dem Boden. Schwarze, verkohlte Wände werden sichtbar, wo sich das Feuer für einen kurzen Moment zurückzieht. Die Holzbalken glühen als rote Stäbe vor dem dunklen Himmel. Ich bin zu spät, denkt Marko.

»Wir sollten erstmal zu Norbert gehen«, sagt Aleksander. »Komm.«

Der Löschwagen steht an der Biege, die zu den Feldern führt, seine Vorderräder sind in eine Erdfurche gerutscht. Norbert hockt in der offenen Beifahrertür, eine Sauerstoffmaske über Nase und Mund.

»Was zum Teufel hast du gemacht?« Marko klopft den Körper seines Bruders ab. »Ist kein Krankenwagen hier?« Er lässt seine Finger über Norberts Haut gleiten: Keine Verbrennungen, rein äußerlich scheint ihm nichts zu fehlen. »Sag mir, dass dir nichts passiert ist. Und erzähl mir keinen Scheiß.«

Norbert murmelt etwas, was Marko nicht versteht. Mit einem Ruck zieht er seinem Bruder die Atemmaske vom Gesicht. »Mir ist nichts passiert«, keucht Norbert. »Alles noch dran.« Seine Haut ist grau, Ascheschlieren ziehen sich über die Wangen.

Endlich beruhigt sich Markos Herz, sein Magen entkrampft. Doch mit jeder Sekunde, in der seine Sorge schrumpft, wächst sein Ärger. »Wie konnte das passieren?«

Besoffen, denkt er. Du warst wieder mal besoffen.

Die Dachbalken stürzen mit einem donnernden Geräusch zu Boden. Verkeilt bleiben sie zwischen den Resten der Gemäuer liegen, die Flammen schlagen noch einmal hoch.

»Ich weiß nicht«, flüstert Norbert und setzt seine Nase an die Atemmaske, ein Zischen aus dem Ventil. »Ich kann mich einfach nicht erinnern.«

Der Gestank von verbranntem Holz und Plastik wird unerträglich, als der Wind dreht. »Natürlich weißt du, was passiert ist«, sagt Marko. »Du brauchst mich nicht anzulügen.«

»Die Herdplatte. Muss wohl vergessen haben, sie abzudrehen.«

»Du hast dein ganzes Leben lang noch keine Herdplatte aufgedreht.«

»Ich hab nichts bemerkt. Sonst wäre das doch nicht …«

»Du weißt genau, warum du nichts mitbekommen hast.«

»Was willst du damit sagen?«

Noch bevor Marko antworten kann, schiebt sich Aleksander zwischen ihn und seinen Bruder: »Lass ihn erst mal zur Ruhe kommen. Das ist nicht der richtige Zeitpunkt.«

»Komm mir bloß nicht mit richtiger Zeitpunkt«, presst Marko hervor und drängt seinen Körper zum Führerstand. »Du hast doch wieder gesoffen«, schreit er Norbert an. »Reiß mal die Augen auf und schau dir an, was du gemacht hast.« Er packt Norberts Kopf, dreht ihn Richtung brennenden Hof. »Da drinnen sind wir groß geworden, verdammt. Das war unsere Kindheit. Das war mein …«

Er spürt ein Knacken in der Schulter, als Aleksander ihn von Norbert wegzieht. Obwohl Marko strampelt und tritt, finden seine Füße keinen Halt. Ohne große Mühe schleppt Aleksander ihn an die Rückseite des Führerwagens.

»Spinnst du? Ausgerechnet jetzt auf ihn losgehen?«

»Lass mich bloß in Ruhe, verdammt. Es ist doch deine Schuld. Oder hat er den Schnaps etwa nicht von dir? Ich rackere mich ab. Und du machst alles kaputt. Mit deiner Blödheit.«

»Den Schnaps hat er von Kowalski, nicht von mir.« Ungewohnt ernst und streng klingt Aleksander. »Ich würde ihm nie etwas besorgen. Ihr beide kennt mich, seitdem ich ein kleines Kind war. Du glaubst doch nicht wirklich, dass ich so etwas tun würde.«

Marko will etwas erwidern, doch er bringt keinen Mucks heraus. Verdammter Kowalski, denkt er und lehnt seinen Rücken gegen das heiße Metall des Tankwagens.

»Du bleibst jetzt hier, bis man wieder normal mit dir reden kann«, sagt Aleksander. »Und ich kümmere mich um deinen Bruder. Der braucht jetzt nämlich deine Unterstützung, nicht dein Geschrei.«

Marko sinkt zu Boden, lässt den Kopf zur Seite fallen und betrachtet die Flammen, die den Hof vernichten. Bilder rasen durch seinen Kopf. Sein erstes eigenes Zimmer. Das Bett, von Norbert gezimmert. Die Poster an den Wänden. Das Fahrrad im Keller. Die Aufkleber an der Lenkstange. Norberts Pornos, versteckt unter der Matratze. Die Schläge von seinem Vater. Norberts erste Schnapsflasche. Und schließlich die Box im Abstellraum. Die Briefe, die Pfeife, die Kühlschrankmagneten. Die Fotos. Seine Mutter im Hochzeitskleid. Norbert als Kind.

Die Fotos aus der Schulzeit, die Schultüten. Er hört die Worte seines Bruders: Das gehört ja auch dir. Das alles hier.

Erst lässt die Zeit verstreichen, schließlich rafft er sich auf.

Zurück beim Führerstand sieht er Aleksander, der eine Decke um die Schultern seines Bruders legt. Trotz der Hitze wickelt Norbert den Stoff enger um seinen Körper. Mit dem Zeigefinger fährt er die Narbe an seinem Hals entlang. »Habe ich dir schon mal verraten, woher ich die habe?«, fragt er und Aleksander nickt. »Da hat mich ein Stier mit den Hörnern erwischt«, lässt Norbert sich nicht beirren. »Als Marko und ich noch Kinder waren. Marko hat das Gatter nicht richtig geschlossen. Überall Blut. Aber ich habe mir nichts anmerken lassen.« Die Geschichten Norberts verändern sich mit jedem Erzählen. Marko selbst hat den Vorfall gänzlich anders im Kopf, aber wenn Norbert in seiner eigenen Erinnerung als starker Held dastehen will, soll es ihm recht sein. »Und dann ist unser Vater aufgetaucht, zugedröhnt bis obenhin«, fährt Norbert fort. »Als er das Blut gesehen hat, ist er einfach umgefallen. Alter Feigling. Immer schon gewesen. Aber wenn wir eines nicht sind …« Er zwinkert Marko zu. »… dann Feiglinge. Nicht wahr?«

Auf allen Sendern Berichte über die neuesten Verlautbarungen. *Laut Auskunft der Regierung werden die Wahlen bis zum Ende der Hitzewelle ausgesetzt.* Marko läuft ins Badezimmer. *Unregelmäßigkeiten bei Wasserlieferungen sollen vorab geklärt werden.* Müde zieht er den Zippverschluss seiner Hose wieder zu und schlurft auf die Terrasse, lehnt sich an das Geländer, das ein lautes Ächzen von sich gibt.

Plötzlich Klirren. Zerberstendes Glas. Marko fährt herum, auf der Straße steht eine Frau im Licht der Straßenlaterne: edles, dunkelblaues Kostüm mit weißen Bündchen, ein Hut mit breiter Krempe. Sie beugt den Oberkörper, als sie Marko entdeckt, dann dreht sie den Kopf zur Seite, und Marko folgt ihrem Blick.

Auf der Terrasse des Nachbarhauses steht ein Mitglied der Dritten Welle, einen Ziegelstein in der Hand, er hebt ihn hoch wie eine Trophäe. Die Frau muss ihn gegen die Scheibe geworfen haben. Immer noch steht sie auf der Straße, versteckt sich nicht, läuft nicht weg, hat beide Arme in die Hüften gestemmt. »Verschwindet von hier«, ruft sie. »Oder das war nur ein Vorbote. Wir werden euch aus den Häusern vertreiben, aus der Stadt.« Ganz langsam geht sie die Straße entlang. Marko hört das Klappern ihrer Stöckelschuhe.

Am liebsten würde er selbst nach unten laufen und einen Stein gegen ein Fenster werfen. Warum nicht? Verdient haben sie es. Provozieren nur Streit, also sollen sie ihn haben.

Stattdessen setzt er sich vor den Computer und liest die Worte des Suchverlaufs laut vor. Doch dieses Mal haben die Begriffe keine Wirkung. Sie schaffen es nicht, ihn zu beruhigen. Warum wolltest du fort von mir, denkt er. Das hätte ich dich fragen sollen. So lange, bis du mir eine ordentliche Antwort gibst.

Plötzlich zerreißt der Ton der Türklingel die Stille im Haus.

Marko verharrt einen Moment.

Ein Finger, der nicht mehr von der Klingel lässt.

Er klappt den Computer zu.

»Bist du alleine?« Kali steht in der Tür.

»Ja.« Marko blickt auf das Quadrat aus Licht, das die Lampe im Vorraum auf den Terrassenboden wirft. Er öffnet die Tür und lässt Kali herein. Ein leichter Windhauch weht ins Innere der Wohnung. Kali riecht süßlich, nach Früchten. Und Insektenschutzmittel.

»Ich habe nach Norbert gesehen«, sagt sie. »Eine Nacht im Krankenhaus tut ihm gut. Wie geht es dir mit der ganzen Sache?«

»Wir haben schon anderes überlebt.«

Er führt sie den Gang entlang Richtung Wohnzimmer, doch noch an der Türschwelle hält Kali ihn zurück. »Irgendetwas kommt«, sagt sie und stützt ihren Arm auf die Ablage. »Glaubst du nicht auch? Ich weiß nicht, was. Vielleicht ein Aufstand, ein riesen Knall. Alle sind so unruhig und überhitzt. Das geht nicht mehr lange gut.«

Erst jetzt sieht Marko ihre rot geschwollenen Augenlider. Er nimmt sie in den Arm, streicht über ihren Kopf. »Ich habe vor ein paar Monaten einen Mann getroffen«, flüstert er in ihr Ohr. »Bei einem Einsatz. Der hat gesagt: Wir brauchen erst eine dicke Schneedecke, damit sich die ganze Erde wieder beruhigt.«

»Klingt nach ziemlicher Esoterikscheiße«, sagt Kali mit einem heiseren Lachen, doch ihre Stimme ist weniger bestimmt als sonst. »Ich habe im Krankenhaus gehört, dass es sogar im Westen schon zu Ausschreitungen kommt, obwohl dort noch genug Wasser vorhanden ist.« Sie wischt ihre Nase an seinem T-Shirt sauber.

»Die Angst ist eben ein Hund.«

Kali küsst ihn, drückt seinen Körper gegen den Türrahmen. Ihre Zunge fühlt sich pelzig an.

Ein Schritt zurück. Marko senkt den Kopf.

»Ich hasse die Einsamkeit.« Der Versuch eines souveränen Lächelns in Kalis Gesicht. »Zumindest, wenn ich Angst habe. Du nicht?«

»Du kannst gerne die Nacht hier verbringen. Wir sollten nur nicht …«

»Du bist doch sicher auch einsam.«

»Genau deswegen sollten wir nicht.«

»Du lässt dir etwas entgehen. Will ich nur gesagt haben.«

»Vielleicht brauche ich doch Hoffnung für Sex.« In dem Moment überfällt Marko eine Traurigkeit, die zu stark für weitere Worte ist.

»Ach was, du willst nur Nehir nicht betrügen«, sagt Kali. »In deinem Kopf ist sie wohl immer noch deine Frau, wie?« Sie fischt Markos Ehering aus der Schale auf der Ablage, schiebt ihn sich über den Ringfinger und betrachtet das glänzende Metall. »Meine Eltern haben sich übrigens gemeldet. Die ganze Gegend dort ist überschwemmt. Die Wassermassen haben unser Haus mitgerissen. Einfach so. Dabei war es keine Hütte, musst du wissen. Sondern ein richtiges Haus. Aus Ziegeln. Groß. Stattlich. Wie mein Vater.« Sie macht eine Pause, schiebt den Ring vom Finger und legt ihn behutsam zurück in die Schale. »Ich weiß, du hast gerade andere Sorgen. Euer Hof verbrennt, meine Eltern ertrinken. Aber ich weiß nicht mehr, was ich tun soll.«

Anstatt zu antworten, nimmt Marko ihre Hand und führt Kali ins Wohnzimmer. Aus der Küche holt er einen Krug Wasser, wischt den Couchtisch mit dem Ärmel sauber und stellt zwei Gläser dazu. Eine Weile sitzen sie wortlos nebeneinander auf dem Sofa, als der Ventilator mit einem Surren anhält, die Glühbirne erlischt. »Ich habe Geld gespart«, fährt Kali schließlich fort. »Damit ich zurück nach Indien gehen kann. Zu meinen Eltern. 20.000 Euro wollte ich mindestens zusammenkratzen. Das war der Plan. Um mir dort ein neues Leben aufzubauen. Ich habe alle meine Ersparnisse zusammengerechnet. Weißt du, wie viel sie ausmachen? 32.230 Euro. Jeder einzelne hart verdient. Dafür ginge sich sogar ein neues Haus für meine Eltern aus.« Sie hebt ihr T-Shirt hoch und fächert sich Luft zu, der Duft ihres Körpers verbreitet sich im Zimmer. »Ich weiß genau, was du jetzt denkst: Das ist viel mehr Geld als geplant.«

»Ist doch wunderbar«, sagt Marko.

»Ja, wunderbar. Aber weißt du, was nicht wunderbar ist? Dass ich trotzdem immer noch hier bin. Aus Feigheit. Ausgerechnet ich.«

»Vermisst du deine Heimat gar nicht?«

Kali schüttelt entschieden den Kopf. »Ich war ja noch ein kleines Kind. Sicher, es ist eine schöne Gegend. Aber vor allem dann, wenn man sie im Rückspiegel betrachtet, wenn du verstehst.« Sie schließt ihre Augen und lässt den Kopf zurückfallen. »Ich vermisse meine Eltern. Das schon. Aber … Nein. Ich kann nicht zurück. Ich bin ein anderer Mensch. Wer weiß, ob ich ihnen überhaupt helfen könnte. Weißt du noch, was Aleksander gesagt hat? Wir haben noch etwas zu verlieren. Er hat recht. Ich habe noch etwas zu verlieren. Ich bin nicht so mutig wie deine Frau. Ich bin nicht wie Nehir.«

»Lass uns nicht weiter über Nehir reden.«

»Du vermisst sie sicher«, sagt Kali, ohne auf ihn zu hören.

»Ja«, sagt Marko und seufzt. »Ich vermisse sie. Das überrascht mich selbst am meisten.«

Kali zieht die Augenbrauen zusammen.

»Es war nicht einfach mit uns. Wir hatten ziemlich unterschiedliche Vorstellungen vom Leben. Vor allem am Ende. Das habe ich zu spät bemerkt.«

»Dabei wart ihr immer so ein richtiges Pärchen. Zum Kotzen.«

»Was man eben so macht, wenn man verliebt ist.«

»Davon weiß ich nichts.« Kali räuspert sich, dann springt sie auf und platziert sich vor ihm wie eine Statue, die Schultern nach vorne gedrückt, die Hände in die Hüften gestemmt. »Weißt du, warum ich hierbleibe? Wenn ich ganz ehrlich bin?« Sie fixiert Marko, ihr Blick ein Nadelstich. »Weil ich Angst habe. Und nicht nur Angst um mich.« Sie streicht mit der Hand über ihren Bauch, und Marko blickt auf die Wölbung, auf die Hand über ihrem Nabel.

»Von wem?«, fragt er, und Kali zuckt mit den Schultern, als wäre die Antwort ohne Bedeutung.

»Von Aleksander?«

»Ja«, sagt sie. »Glaube schon.«

»Du bist dir nicht sicher?«

»Komm mir jetzt bloß nicht moralisch. Dir reicht deine rechte Hand? Wunderbar. Mir nicht.«

An der Decke beginnt der Ventilator zu knattern, Sekunden später springt auch das Licht wieder an, aus der Küche dringt das leise Surren des Kühlschranks.

»Willst du es denn behalten?«

»Mal sehen.«

Ein elektrischer Schlag, als Marko ihre Hand berührt und sie zurück auf das Sofa zieht. »Nehir wollte keine Kinder«, sagt er. »Um nichts in der Welt.«

»Ihr konntet doch keine bekommen.« Kali lässt ihre Hand über der Schamgegend kreisen. »Wegen ihrer Krankheit.«

»Das hat sie gern erzählt. Und irgendwann habe ich die Geschichte übernommen. Weil sie einfach ist und die Leute nicht nachfragen. Aber sie stimmt nicht.« Er zwingt sich, die Worte auszusprechen, bevor es zu spät ist und er den Mut verliert. »Nehir hat immer gesagt: Um ein Kind zu zeugen, muss man ein optimistischer Mensch sein. Man will so ein kleines Lebewesen ja in eine bessere Zukunft entlassen. Und dieser Optimismus hat ihr gefehlt. Da war einfach nichts.«

»Und dein Optimismus hat nicht gereicht?«

»Nur Träumer und Idioten bekommen heute noch Kinder, hat sie gesagt. Suche es dir aus.«

»Möchtest du meines haben?«, fragt Kali. »Wird sicher nicht besonders hübsch, wenn man die Mutter ansieht. Und wahrscheinlich auch nicht besonders intelligent, wenn man den Vater in Betracht zieht. Aber besser als nichts ist es allemal. Beim Preis werden wir uns schon einig werden.«

»An Geld mangelt es dir ja nicht«, sagt Marko.

»Das hätte ich dir wohl besser verschwiegen.« Kali boxt ihm gegen die Schulter. »Schwächt meine Verhandlungsposition.«

»Aber jetzt mal im Ernst. Was wirst du machen?«

»Das Kind bekommen und hoffen, dass Aleksander endlich erwachsen wird. Es wegmachen lassen. Es bekommen und im Wald aussetzen. Ich weiß es wirklich nicht.« Sie steckt ihre Finger in den Krug Wasser und spritzt sich ein paar Tropfen ins Gesicht. »Es gibt sowieso schon zu viele Menschen. Auch so eine große Weisheit von Aleksander. Wozu also noch einen auf diese Welt bringen?«

»Vielleicht gibt es nicht zu viele Menschen«, erwidert Marko. »Sondern einfach nur zu wenig gute.«

Träge bewegt der Ventilator die heiße Luft.

»Du solltest ihr nachreisen«, sagt Kali. »Nehir meine ich. Um deinen Bruder kümmere ich mich, versprochen. Wir werden eine wunderbare kleine Familie: Mutter, Alkoholikervater, Bastardkind.«

»Klingt vielversprechend«, feixt Marko.

Die nächsten Stunden verbringen Kali und er nebeneinander auf dem Sofa. Sie sprechen über Imre, der nicht mehr der alte ist und kaum mehr ein Lächeln zustande bringt, über Bea, die es ohne Val nur mehr selten vor die Tür schafft, krank vor Sorge, wütend über jede neue Notmaßnahme, und schließlich über Aleksander, der sich vielleicht, vielleicht aber auch nicht, als Vater eignet. Sie sprechen über die Aktionen der Dritten Welle, über die Hysterie der Regierung und über Kowalski, der nur von einem träumt: wie Aleksander zu werden. Sie sprechen so lange, bis der Strom wieder ausfällt und es dunkel wird im Zimmer.

Ohne weitere Worte zieht Marko das Sofa aus, holt zwei Kissen und lässt sich neben Kali fallen. Nur in Unterwäsche liegen sie da, und obwohl Kali sich von hinten an ihn drückt, schlafen sie ein wie Geschwister. Es tut gut, denkt Marko noch, bevor er die Augen schließt. Es tut gut, dass die Hitze einmal nicht von oben kommt, nicht aus dem Boden oder den Wänden kriecht, sondern von einem menschlichen Körper abstrahlt.

Kurz vor Morgengrauen wacht er auf, als über ihm der Ventilator zu Knattern beginnt. Langsam dreht er sich aus Kalis Umarmung. Sie liegt auf der linken Seite, dreht ihm den Rücken zu, das rechte Knie angewinkelt, die Hände vor dem Gesicht verschränkt, sodass er die Augen nicht sieht. Sie schläft ruhig und entspannt.

Marko gibt ihr eine Wasserflasche mit, als sie gegen Mittag das Haus verlässt: »Lange wirst du damit nicht auskommen.«

»Besser als nichts«, sagt sie und umarmt ihn, schlägt mit den Fäusten gegen seine Schulterblätter wie ein Kumpel.

»Du musst doch verdammt nochmal bemerkt haben, wie viele Menschen hier behandelt werden.« Berger hält sich am Handlauf fest, als er über den Gang schlurft. »Wie viele Menschen hier arbeiten. Das wird nach außen hin alles verschwiegen.«

Marko schiebt den Metallständer mit der Infusion vor sich her. Berger sieht aus wie eine Marionette, zwei Schläuche in den Armen. »Gar nichts wird verschwiegen«, sagt er. »Die Station ist riesig. Die kann kein Mensch übersehen.« Nicht nur der alte, eigentlich schon geschlossene Trakt, auch angrenzende Lagerhallen wurden der Quarantänestation mittlerweile angeschlossen.

Berger setzt sich auf die Bank vor dem Ärztezimmer, durch das dünne Material des Nachthemds stechen ein paar Brusthaare. »Ist ja wieder mal logisch, dass du es nicht verstehst«, zischt er betont leise. »Aber hier drinnen erfährt man Dinge, die man da draußen eben nicht hört.«

»Ja, Gerüchte. Weiter nichts.«

Berger dreht an dem Rädchen der Infusion, die Flüssigkeit tropft schneller als zuvor in seinen Arm. »Gerüchte, vielleicht. Aber an manchen wird schon etwas dran sein.« Er zieht das Nachthemd über seine Knie. Seine Beine sind dünn, völlig abgemagert. »Hier drinnen liegen Menschen, die wissen genau, was wirklich vor sich geht. Es gibt viel weniger Wasser, als wir annehmen. Und selbst das wird nicht nach Plan verteilt.« Neben dem Arztzimmer hängt ein Schild: NOTMASSNAHMEN. ANLÄSSLICH DER AKTUELLEN SITUATION. Durchsagen dröhnen durch die Lautsprecher, Krankenschwestern, Pfleger, Ärztinnen und Ärzte rauschen vorbei. »Aber das dürfen wir alles nicht wissen«, sagt Berger. »Dabei habe ich das Video selbst gesehen.« Er rutscht auf der Bank nach vorne, sein Nachthemd reißt auf der Seite auf, die Haut an seinem Rücken ist fleckig. Marko zieht den Stoff zusammen, damit Berger nicht nackt hier sitzt. »Die schießen längst Leute nieder, damit das Ganze irgendwie funktioniert.«

»Wovon redest du eigentlich?«

»Na das Video von der Südgrenze«, sagt Berger, als wäre es völlig klar. »Noch ist es für jeden zu sehen. Beeile dich und schau es dir an, wenn du es noch nicht kennst. Aber ich warne dich: krasse Bilder. Wobei, du warst doch selbst in den Sperrzonen.« Seine Stimme wird tief und ruhig. »Was du dort alles gesehen haben musst …«

Berger klingt anders, wenn er ihn über seine Zeit bei den Solidaritätslieferungen fragt. Als hätte Marko irgendeine Art von Geheimwissen, nur weil er die Pufferzone kennt, die Grenzzäune. Dabei weiß er nur, dass Menschen zu Tieren werden, wenn sie nichts zum Saufen und keine Hoffnung haben.

»Darüber will ich nicht reden«, wiegelt Marko ab.

»Wir sind alle wie Sisyphus geworden«, sagt Berger. »Du weißt schon. Der Typ, der einen Stein den Berg hochrollen muss. Aber sobald er oben angekommen ist, rollt der Stein wieder nach unten. Und er muss von vorne anfangen.«

»Klingt nach einem ziemlichen Idioten«, schnauft Marko verächtlich.

»Kannst du mich nicht einmal ernst nehmen?«

»Sobald du Dinge sagst, die ich ernst nehmen kann.«

»Behandle mich nicht immer wie ein Kind.«

»Du gehst ständig vom Schlimmsten aus.«

»Und du nur vom Besten«, erwidert Berger. »Ist das eine Lösung?«

»Das weiß ich nicht. Ich weiß nur: Nichts von dem wird eintreten.«

»Sondern?« Bergers Augen zucken vor Aufregung.

»Irgendetwas dazwischen. Irgendetwas, mit dem wir leben können.«

»Ich will nichts mehr, mit dem ich nur leben kann.« Berger hebt den Infusionsständer an und lässt die Rollen wieder und wieder auf den Boden fallen: Klack. Klack. Klack. »Ich will etwas, das größer ist. Anders als das, was sich mein beschränktes kleines Gehirn ausdenken kann. Du solltest einmal Schreien. Ganz laut schreien. Vertreibt die Einsamkeit. Und die Angst.«

Noch bevor Marko etwas entgegnen kann, brüllt Berger los. Ein Röhren aus seinem Brustkorb, kraftvoll und laut, aber voller Schmerz. Marko drückt ihm die Hand auf den Mund, doch Berger beißt zu. Er holt Luft und brüllt noch einmal, lauter als zuvor. Marko hat keine Ahnung, woher der schwache Körper die Kraft dafür nimmt. Patienten zucken zusammen, Pfleger werfen ihnen ängstliche Blicke zu, doch Marko hebt nur die Hand: Alles in Ordnung, ich kümmere mich schon. »Was ist denn in dich gefahren?« Berger ist ihm peinlich, zum ersten Mal in seinem Leben. Der Speichel um die Lippen, der irre Blick in den Augen. Es ist ein unangenehmes Gefühl, sich für seinen besten Freund zu genieren.

»Wir sollten alle so laut brüllen, wie nur irgendwie möglich«, lässt Berger nicht locker. »Geiles Gefühl, täte uns gut.«

Marko begleitet ihn zurück in sein Zimmer. Alle paar Meter müssen sie haltmachen, damit Berger zu Atem kommt.

»Kannst du dich erinnern?« Mit einer Armbewegung deutet Berger durch die offene Tür eines Krankenzimmers, an dem sie vorbeikommen. »Im ersten Bett gleich links.«

Eine Frau. Eingefallenes Gesicht, ihr ausgemergelter Körper zeichnet sich unter der dünnen Decke deutlich ab. Die Arme hängen links und rechts aus dem Bett, sind mit dicken Verbänden eingewickelt.

»Die Durstige«, erklärt Berger. »Die sich den Arm aufgeschnitten hat. Ihr Name ist Filipa. Solltest du dir merken.«

»Das kann nicht sein. Ist sie immer noch hier?«

»Schon wieder.« Berger macht ein schnalzendes Geräusch mit seiner Zunge. »Die schmeißen sie ja sofort wieder raus.«

»Dass du dir ihr Gesicht gemerkt hast.«

»Ich habe mit ihr gesprochen. Eine intelligente Frau, muss man schon sagen. Intelligenter als wir beide zusammen. Sie wollte einfach noch einmal neu zu leben beginnen.« Berger macht einen Schritt auf die Frau zu. »Se pudesse recomeçar a vida«, sagt er. »Sie hat mir die Sätze auf Portugiesisch beigebracht. Um pouco de vida. Uma vida simples. Ein kleines Leben. Ein einfaches Leben. Meinen Hass könnt ihr haben. Meine Verzweiflung wollt ihr ja nicht.«

Die Abordnung der Dritten Welle steht hinter dem Gitter, welches das Krankenhausgelände vom Friedhof trennt. Beim Verlassen der Station sieht Marko die Mädchen und Jungen, dieses Mal wieder in Badekleidung, jedoch mit Musikinstrumenten in den Händen: eine Geige, eine Trompete, eine Flöte. Erbärmlich klingen die Geräusche, die sie damit produzieren. Ein Quietschen und Röcheln, doch Marko erkennt die Melodie: Here Comes The Sun. Die Gruppe tanzt zu ihrer Katzenmusik, als käme sie von den leibhaftigen Beatles. Einige singen die Worte mit verzerrten Gesichtern mit: »Little darling, the smiles returning to the faces.« Auf dem Maschendrahtzaun vor ihnen hängt ein Schild: WIR HABEN SPASS. So seht ihr nicht aus, denkt Marko und hastet zurück zum Parkplatz.

Marko schaltet den Computer ein und tippt die Buchstaben des Grenzortes, den Berger ihm genannt hat. Es gibt Strom und die Verbindung klappt, schon nach wenigen Sekunden erscheint das Video.

Brutale Übergriffe. Bitte teilen! 13.875 Aufrufe.

Eine Menschenmenge, Männer, Frauen und Kinder stehen eng beieinander. Babys werden hochgehalten. Im Hintergrund der Zaun der Pufferzone, wie er ihn aus unzähligen Prospekten kennt. İNSANLAR IÇIN SU, kann Marko lesen. Wasser für Menschen. Allerdings wird die Aktion von der Bevölkerung ausschließlich Wasser gegen Menschen genannt. Er sieht einige Transparente, die die Sicht auf das Land hinter dem Zaun versperren, dann wird die Kamera nach rechts gerissen: weißes Metall. Ein Wassertropfen. Marko war mit einem ähnlichen Tankwagen viele Male in der Pufferzone, bevor er um eine Versetzung bat.

Er scrollt nach unten und liest die Kommentare.

Von: VandalPigs, vor 21 Minuten:

In Zukunft sollen sie immer scharf schießen.

Von: RandyMan21, vor 2 Tagen:
Zeit für tabula rasa. Diese widerlichen Horden müssen ins Meer getrieben werden. Sollen doch Salzwasser saufen.
Von: HellBoy, vor 4 Tagen:
Stoßt sie über die Klippen.
Von: SayTheTruth, vor 6 Tagen:
Rettet die Frauen und Kinder. Und weg mit dem Fanatikerpack.
Mehr anzeigen

Marko klickt und liest weiter, bis ihm schlecht wird. Er scrollt erst wieder nach oben, als Schüsse zu hören sind, die ersten Schreie. »Whoo-hooo«, hört er einen Mann rufen. Es ist eine hohe, unangenehme Stimme. »Fuck yea!«, immer wieder. Man sieht den Mann nicht, man hört ihn nur außerhalb des Bildes schreien. »Oh my God, oh my God, oh my God.« Die Kamera schwenkt zur Seite und das Gesicht des Mannes kommt ins Bild. Ein breites Grinsen, dreckige Zähne, schmutzverschmiertes Gesicht, Tarnfarbe. Die Kappe der Uniform auf dem Kopf. Er hält die Waffe hoch und ballt die Hand zur Faust. »Whoo-hooo«, johlt er wieder, die weiteren Worte kann Marko nicht verstehen, aber der Soldat hat hörbar Spaß. Dann ist von einer Sekunde auf die andere keine Verbindung mehr da. Die Bilder stocken, pixeln. Neu laden, immer wieder. Doch nur die Meldung: **Die Seite kann nicht angezeigt werden.**

Nach dem Einsatz am nächsten Tag zapft Marko etwas Wasser aus dem Tank. Fünf Kanister, mehr würden auffallen. Zwei für sich, drei für Kali. Er verstaut die Kanister in seinem Kofferraum und macht sich auf den Weg ins Krankenhaus. Als er Bergers Bett leer vorfindet, wundert er sich zunächst nicht. Eine Untersuchung. Vielleicht schon entlassen. Erst als er auch in der Station nichts Genaueres erfährt, beginnt er sich zu sorgen. Wen auch immer er zur Rede stellt, stets bekommt er die gleiche Auskunft: Ich weiß es nicht.

Er läuft von Zimmer zu Zimmer, seine Sohlen quietschen auf dem Gummiboden. Niemand hat Berger entlassen, niemand findet die Krankenhausakte, niemand hat ihn gesehen. »Wissen Sie, es wird nicht mehr alles so genau erfasst«, sagt eine Krankenschwester. »Ich kann nicht jede Stunde kontrollieren. Außerdem ist das hier ja kein Gefängnis.«

Auch Bergers Wohnung ist leer. Marko durchsucht jeden Winkel. Nichts, kein Hinweis. Er läuft von Stockwerk zu Stockwerk, klopft an alle Türen, doch niemand öffnet. Das ganze Haus wie ausgestorben, keine Menschenseele zu finden. Längst alle weggezogen, in irgendwelche Nachbarschaftszentren. Erst im Erdgeschoss wird eine Tür aufgeschoben. Zunächst sieht Marko nur die vergilbte Tapete, dann erscheint das Gesicht. Haare wie ein Vogelnest. Braune, ledrige Haut mit tausenden Falten um die Mundwinkel, verschmiertes Rosa um die Lippen. Alles an der Frau wirkt verknittert.

»Was wollen Sie von mir?«, krächzt sie Marko an.

»Haben Sie Herrn Berger gesehen? Dritter Stock.«

»Ich bin die Einzige, die noch hier wohnt. Seit … langer … Zeit.«

Die Hände der alten Frau zittern, ihr Kopf sinkt nach vorn. Gerade noch rechtzeitig kann er die Tür aufdrücken und ihren Körper auffangen, bevor dieser auf dem Boden landet. Als er sie auf die Couch zieht, steigt ein unangenehm beißender Gestank in seine Nase. Dreck in der ganzen

Wohnung. Immerhin kommt Wasser aus der Leitung, doch die alte Frau schlägt das Glas zur Seite, als sie wieder zu sich kommt. »Das trinke ich nicht. Denen kann man nicht vertrauen. Nicht mehr.« Sie greift Markos Arm und richtet ihren Oberkörper auf. »Ich weiß schon, wen sie suchen«, sagt sie. »Den jungen Mann. Lange nicht mehr gesehen.« Sie spuckt aus und wischt den Schleim in den Überzug des Sofas. »Gut für ihn, wenn Sie mich fragen.« Zweimal zischt ihr Arm durch die Luft. »Raus aus der Scheiße hier. Solange es noch geht. Solange man uns noch lässt.«

Neue Nachricht.
Empfangen: 13:11:22 Heute SIM: SIM 1

Ich habe keine Angst mehr um mich
je näher ich komme

Ich übernachte in einem alten Hotel, ich bin einfach eingebrochen. Je weiter ich vorankomme, desto ruhiger wird alles. Die Menschen hier leben, einfach so. Dabei müssten sie Angst haben. Das Wasser schmeckt salzig, obwohl das Meer noch einige Kilometer entfernt ist. Angeblich kommt es durch den Boden.

Heute habe ich eine Familie getroffen, die aus dem Norden wieder hierher zurückgezogen ist. Sie haben keinen Plan gehabt, keine Sicherheit. Sie haben sich einfach in ihr altes verlassenes Haus gesetzt und gewartet. Und irgendwann ist Wasser gekommen. Und Essen. Und bald waren da auch andere Menschen. Das gibt mir Hoffnung für uns. Endlich mal wieder.

Es brennt wieder. Seit Tagen. Der Hass ist einfach nicht zu stillen. Das ganze Leben hier ist improvisiert, also lässt man eben alles brennen, was brennen kann. Was sollen sie auch machen? Brennt es bei euch denn auch noch? Oder sorgt man schon für Ruhe, egal, wie?

Neue Nachricht.
Empfangen: 18:11:19 Heute SIM: SIM 1

Ich höre noch immer nichts von dir
Langsam glaube ich
diese Nachrichten kommen gar nicht an

6. – 9. September

Der lange Sommer hat Spuren in Markos Gesicht hinterlassen. Seine Haut ist ledrig und der Bart drahtig und ungepflegt. Stirn und Nase sind von der Sonne braungebrannt, die Haut auf den Ohren aufgerissen und blutig. Die Haare an den Schläfen sind dünn, stehen ab wie Federn. Falten um die Augen, die Mundwinkel. Hart und unfreundlich, so kommt ihm sein eigenes Gesicht jetzt vor. Ein Fremder. Er zieht seine Uniform aus und hängt sie in den Spind, eine Wolke aus fauligem Schweiß und käsigen Füßen weht ihm entgegen.

»Wirst du dich wohl daran gewöhnen müssen«, ätzt Marko, als Andi Irgendwas das Gesicht verzieht. »So riechen wir jetzt alle, macht uns gleich. Bruderschaft des Gestanks. Musst du aushalten, wenn du weiter mit mir Dienst versehen willst.«

Marko hat Berger nicht mehr gesehen, seitdem er von einem Tag auf den anderen aus der Quarantänestation verschwunden ist. Das war vor vier Wochen. Er hat in der ganzen Stadt gesucht, ist alle Straßen abgefahren. Die Polizei hat ihre Suche bald aufgegeben. Wahrscheinlich Besseres zu tun. Marko hat sich eine Zeit lang in Bergers Wohnung gesetzt und gewartet, vergeblich. Ausgeteilte Fotos, hinterlassene Nachrichten, kein Lebenszeichen. Nur Kali hat ihn bei seiner Suche unterstützt, sonst niemand. Doch auch sie hat längst aufgegeben.

Mittlerweile ist es Marko egal, dass Andi Irgendwas mit ihm in der Fahrerkabine sitzt. Seit den Überfällen auf die Wasserlager und den Diebstählen der Tanks sollten nur mehr

Mitarbeiter des Sicherheitsdienstes auf den Beifahrersitzen hocken, doch in der Praxis sieht es wie immer anders aus.

Marko schlurft in die Zentrale, wo ihm der neue Leiter sein Einsatzblatt für die nächste Woche in die Hand drückt. Marko hat immer noch Kowalski vor Augen, dabei ist das Gesicht hinter den Monitoren viel älter und kräftiger. Das kantige Quadrat eines alten Armeegenerals, den man aus dem Ruhestand geholt hat. Marko nimmt den Zettel und läuft den Gang entlang, als ihm die dunkle Stimme hinterherruft: »Hast du dich schon entschieden?«

»Nein«, sagt Marko. »Hab noch ein paar Tage Zeit.«

»Ich kann das nicht auf Dauer alleine machen.« Der General hat die Kopfhörer abgenommen. »Bin nicht mehr der Jüngste. Außerdem ist es doch keine schwierige Entscheidung, verdammt nochmal. Mehr Geld, mehr Zuteilungen. Rasiere dir den verdammten Bart ab und sag Ja. Du bist am längsten dabei.« Er presst die Handflächen auf die Tischplatte und drückt seinen Körper nach oben. »Du hast es verdient, sagen die Kollegen. Wir brauchen jeden vernünftigen Mann. Einen zweiten Kowalski können wir uns nicht leisten. Wir brauchen jemand, der durchsetzt, was beschlossen wurde.«

»Und wenn ich nicht möchte?«, fragt Marko und hebt die Arme, damit der Wind der Kühlanlage unter den Stoff seines Shirts fährt.

Sein Vorgesetzter sieht ihn an wie einen Hund, der den Knochen verschmäht. »Dann musst du dich entscheiden, was du stattdessen willst. Ich gebe dir Zeit bis Ende der Woche.«

Die Entscheidung verursacht ein unangenehmes Kribbeln in Markos Kopf. Seit Bergers Verschwinden will er keine Wasserlieferungen mehr fahren. Andererseits kann er sich nicht dazu durchringen, Kowalskis alte Stelle anzutreten. Früher hätte ich alles für diesen Job getan, denkt er. Verantwortung übernehmen, anpacken. Doch jetzt? Ich will nicht werden wie Kowalski. Und gleichzeitig verstehe ich ihn. Verachte ihn trotzdem. Weil ich längst wie er geworden bin.

Er hält sich am Treppengeländer fest und quält sich ein paar Stufen nach unten. Widerstrebend klappt er die Einsatzmappe auf und lässt seinen Blick über die Tageszuteilungen fliegen.

GROSSDEMONSTRATION GEGEN DIE AUSSETZUNG DER WAHLEN. BESONDERE SICHERHEITSSTUFE.

Er liest die Zuteilung zweimal, dann dreht er sich um und hastet zurück in die Zentrale.

ALLE VERFÜGBAREN KRÄFTE.

»Was zum Teufel soll das?«

»Immer schön ruhig«, beschwichtigt sein Vorgesetzter mit gedämpfter Stimme. »Ich habe mein Versprechen gebrochen, na und. Was willst du machen? Hast du ernsthaft gedacht, dass wir gerade für diesen Einsatz auf jemand wie dich verzichten? Und warum? Weil dir nicht danach ist?« Marko pfeffert die Mappe gegen die Monitore, doch der alte General lässt sich nicht provozieren. »Das wird ein Riesenauflauf«, fährt er unbeirrt fort. »Hatten wir so noch nie. Eine Demonstration, bei der keine Sau weiß, wie viele Leute auftauchen werden. Dazu die Spinner von der Dritten Welle, die sicher nicht brav im Schwimmbad hocken bleiben. Das Flüchtlingslager, das am selben Tag geräumt wird. Wir brauchen Leute, die mit der Polizei zusammenarbeiten.«

»Die verfluchte Demonstration sollte man verbieten. Damit ist doch niemand geholfen«, brummt Marko und schlägt gegen die Wand, seine Hand hinterlässt einen dunklen Abdruck. »Und die Dritte Welle gleich dazu. Nicht noch brav Wasser zuliefern. Das stachelt die doch nur noch mehr an. Und dann kracht es.«

»Wen kümmert das schon«, erwidert der General, »Sollen ruhig schreien und toben. Die Demonstration wurde absichtlich bewilligt, wenn du mich fragst. Trotz Ausnahmezustandes. Es wird zu Ausschreitungen kommen? Und wenn schon. Anlass genug für neue Verordnungen. Zack, noch strenger als zuvor. Und wir dürfen die Suppe dann auslöffeln. Gerade deshalb brauchen wir vernünftige Leute dort. Leute, die sich nicht provozieren lassen. Die das Spiel nicht mitspielen, verstehst du? Aber wenn du solche Einsätze nicht mehr fahren willst …« Er verzieht die Mundwinkel zu einem Grinsen. »… dann weißt du ja, was du tun musst.«

Marko drückt die Haustür auf, sofort steigt ihm ein süßlich-scharfer Geruch in die Nase. Hellgraue Dämpfe wabern aus der offenen Küche durch das ganze Haus. Norbert steht am Herd, ein altes Hemd als Schürze umgebunden, der Oberkörper nackt. Die Haut spannt über seinen Knochen, doch der Bauch füllt die Hose aus. Er summt, während er Dosen öffnet und den Matsch in die Pfanne schaufelt, Schweißperlen rinnen seinen Rücken hinunter.

»Du hast gekocht?«

»Deine Pampe kann man unseren Gästen nicht vorsetzen.« Norbert kratzt mit einem Metalllöffel in der Pfanne, das Geräusch lässt einen Schauer über Markos Körper laufen. »Im schlimmsten Fall panschst du Kartoffelsuppe«, lacht er und wirft den Löffel in die Luft.

»Hauptsache, du hast Spaß.« Marko zieht das Shirt über seinen Kopf, steigt aus der Uniformhose, hart und steif wie Pappe. Nur in Unterhose läuft Marko ins Wohnzimmer, lässt sich auf das Sofa fallen.

Es war nicht einfach, Norbert zum Einzug zu überreden. Er bestand darauf, bei Aleksander Unterschlupf zu finden, doch das wusste Marko zu verhindern. Erst nach Tagen im Krankenhaus gab sein Bruder nach, bezog Quartier in seinem Wohnzimmer. Seitdem leben sie wieder zusammen. Wie früher als Kinder. Über den Brand reden sie nicht, Marko hat nur einmal versucht ein Gespräch zu beginnen: »Möchtest du nicht zum Hof fahren?«

»Um was zu tun?«, blaffte Norbert ihn an. »Die Asche anstarren?«

Jetzt trommelt Norbert mit dem Löffel auf dem Pfannenstiel herum, wirft ihn dann von sich und schlägt mit den Fingern gegen die Arbeitsplatte. Rhythmisch und hart. Er lässt die Hände über dem schmutzigen Holz schweben, bevor er sie nach unten führt, von links nach rechts und wieder zurück zum Herd. Er summt dazu, bis er den Mund aufreißt und den alten Naked Lunch Song singt: »It's the sun that kills us all.« Norberts Finger tanzen schneller über die unsichtbare Tastatur. Sein ganzer Körper bewegt sich im Takt. »Es ist nur schade um das Klavier«, ruft er schließlich so laut, als müsste er tatsächlich Musik übertönen. »Das Einzige, worum es mir wirklich leidtut. Ich könnte für unsere Gäste spielen. Ein eigenes Lied für Kali, was denkst du?« Er beugt sich nach vorne, macht den Rücken krumm und beobachtet seine tanzenden Finger. »Ich habe

Kali immer gemocht. Vielleicht mache ich ihr mit meinem neuen Lied den Hof.« Erst als er Markos Gesichtsausdruck bemerkt, hört er auf zu spielen. »Ach komm«, ruft er ihm von der Küche aus zu. »Nimm nicht alles so ernst.«

Eine halbe Stunde später sitzen sie rund um den Tisch: Marko und Norbert, Kali und Bea, ihre beiden Töchter. Ein einziges Schmatzen und Schlurfen. Kali schaufelt löffelweise Eintopf in sich hinein, ihr Babybauch unter dem weiten T-Shirt nur auszumachen, wenn man genau hinsieht. Sie beobachtet Beas Töchter aus dem Augenwinkel, verfolgt jede ihrer Bewegungen. Als Marko Kali ein Lächeln zuwirft, verdreht sie zuerst die Augen, zieht dann aber doch die Mundwinkel nach oben.

Bea selbst stochert still im Essen herum, nur hin und wieder führt sie den Löffel zum Mund. Dünn ist sie geworden, ihr Kleid hängt lose an ihren Schultern, ohne dass sich die Konturen ihres Körpers abzeichnen. Stockend erzählt sie von Val, der sich auf seinen Einsatz an der Grenze vorbereitet, von ihrer Angst und den seltenen Gesprächen, wenn die Telefonverbindung zu seiner Einheit zustande kommt. »Nächste Woche will ich ihn besuchen«, sagt sie. »Angeblich ist es nicht erlaubt, aber sie werden mich wohl nicht wegschicken. Die Kinder zumindest werden sie durchlassen, was denkt ihr?« Niemand antwortet, nur Kali streicht ihr beruhigend über den Unterarm. »Ich verstehe nicht, warum sie ausgerechnet ihn ausgewählt haben«, fährt Bea fort. »Einen Vater. Es gibt doch so viele andere. Sie hätten doch Aleksander … Oder Imre. Oder einen von euch.« Dann sagt sie nichts mehr.

Dafür redet Norbert wie ein Wasserfall, bestreitet die komplette Unterhaltung alleine. Marko kennt jede seiner Geschichten. Dass er, Marko, als Kind die Schweine wie

Pferde reiten wollte, die Hände um die borstigen Ohren geklammert. Kali scheint es nicht zu kümmern, dass sie die Geschichte schon zig Mal gehört hat, sie folgt der ausufernden und wilden Erzählung, als wäre sie neu. »Ich habe das Quieken noch im Ohr«, sagt Norbert. »Wenn Marko auf die Schweine geplumpst ist. Eine Aufregung war das im Stall.« Er schiebt den Teller weg und wird plötzlich ganz ernst: »Ein Glück, dass das alles vorbei ist.« Eine Sekunde bleibt er so sitzen, die Handflächen gegen den Holztisch gepresst, dann schüttelt er sich und springt auf, nimmt das Radio und dreht am Regler: »Brauchen nur ein bisschen Musik.« Die Hände über dem Kopf tanzt er zum Lied, tritt mit den Füßen aus und wiegt das Becken hin und her. Er springt von einer Seite des Raumes zur anderen und wieder zurück, packt Kali an den Armen und zieht sie zu sich, presst ihren Körper an seinen. Sogar Beas Gesicht hellt sich auf, als ihre Kinder zum Rhythmus von American Pie auf dem Sofa auf und ab springen.

Nur Marko sinkt zusehends in sich zusammen.

And I knew if I had my chance, that I could make those people dance. Norbert tänzelt auf Beas Töchter zu, hebt sie hoch und wirbelt sie herum. *And maybe they'd be happy for a while.* Die kleinen Kinderarme fliegen hin und her wie die Propeller eines Hubschraubers.

Die ausgelassene Stimmung endet erst, als der Moderator den nächsten Zuhörer in die Leitung nimmt und Imres Stimme erklingt. Er klingt schneidend, knallhart kommen seine Worte aus den Boxen, unerbittlich seine Anschuldigungen. Eine Litanei, die auch der Moderator nicht unterbrechen kann, eine einzige Attacke gegen die Rationierungen, die Wasserlieferungen, gegen die ganze Welt.

Eine Weile hören sie ihm zu, bis Marko am Rädchen dreht und wieder Musik aus den Boxen kommt. Allerdings rafft sich niemand mehr zu einem Tanz auf, zum Mitsingen.

Kali, Bea und die Kinder brechen bald auf.

Marko bleibt mit Norbert am Sofa sitzen, das schmutzige Geschirr in Stapeln auf dem Küchentisch. Er lehnt den Kopf an die Schulter seines Bruders. Norberts Haut strahlt im Mondlicht, das durch die Jalousien bricht, seine Augen sind geschlossen, sein Brustkorb hebt und senkt sich ruhig. Bald wird er schlafen, denkt Marko, doch dann hört er ein: »Bist du noch wach?«

»Hellwach«, antwortet Marko und richtet seinen Oberkörper auf.

»Ich habe nachgedacht«, seufzt Norbert. »Du solltest den Job nicht annehmen. Siehst doch, was aus Kowalski geworden ist. Ich will nicht, dass du auch im Gefängnis landest. Dafür habe ich mir die viele Arbeit mit dir nicht angetan.«

»Erzähl lieber etwas«, wechselt Marko das Thema.

»Weißt du noch, wie ich Melanie im Kuhstall gefickt habe und du uns überrascht hast. Weggelaufen wie ein hysterisches Huhn, die Kleine. Überall Scheiße.«

»Nicht sowas«, stöhnt Marko. »Etwas Schönes. Von früher.«

»Ich dachte, du könntest das alte Zeug nicht mehr hören«, sagt Norbert, beginnt jedoch sofort mit einer Geschichte.

»Daran kann ich mich gar nicht mehr erinnern«, sagt Marko nach einer Weile. Manchmal kommt es ihm vor, als hätte er die Zeit vor der Dürre komplett vergessen. »Wie alt war ich da?«

»Zehn«, sagt Norbert und wiegt den Kopf hin und her. »Vielleicht elf. In keinem Fall älter. Ich war noch trocken, damals.« Er boxt Marko gegen die Schulter: »Wahrscheinlich hat der Hof deshalb so gut gebrannt, was denkst du? Der ganze Alkohol.« Er formt mit seinen Händen eine Kugel und lässt sie wie eine Bombe explodieren.

»Es ist die richtige Entscheidung, das Kind zu bekommen. Das findest du doch auch.« Kali bläst in einen Plastikhandschuh, bis er wie die Hand einer Comicfigur aussieht. »Oder etwa nicht?« Routiniert bereitet sie sich auf das Eintreffen des Rettungswagens vor, während sie mit Marko spricht. »Irgendjemand muss optimistisch bleiben«, sagt sie und kontrolliert die Geräte, die sie auf einem kleinen Metalltisch vorbereitet hat: Beatmungsbeutel, Defibrillator, eine Unzahl an Ampullen. »Für alles andre ist es sowieso zu spät. Nur scheiße, dass ich nicht mehr rauchen darf.« Sie hält ihre Hand vor sein Gesicht, ihre Finger zittern. »Du weißt nicht, wie viel Lust ich auf eine Zigarette habe. Nur ein einziger Zug, das wäre himmlisch.« Sie legt ihre Hand auf den Bauch. »Fast könnte ich … Muss mich irgendwie anders beruhigen.«

»Und deine Eltern?«, fragt Marko.

Kali blickt unruhig auf die Uhr in der Rettungszufahrt. »Was soll mit denen sein?« Ihre Augen zucken hin und her, landen nur für den Bruchteil einer Sekunde auf seinem Gesicht. »Ich muss jetzt auf meine Familie achten.« Sie schüttelt weißen Puder von dem Handschuh und zieht ihn über ihre rechte Hand. »Zumindest habe ich das Geld nicht umsonst gespart.«

»Und was sagt Aleksander dazu?«

In der Ferne das Auf und Ab des Martinshorns.

»Der findet immer noch, dass ich den Fehler meines Lebens mache.« Sie zieht einzelne Ampullen aus dem Koffer und schnippt gegen das Glas. »Aber immerhin ist er noch nicht weggelaufen.« Sie macht einen Schritt nach vorn, als der Rettungswagen mit quietschenden Reifen in die Einfahrt biegt. »Fast hätte ich es vergessen«, ruft sie Marko noch zu, bevor sie sich an die Arbeit macht. »Alles Gute.«

Markos Geburtstag. Er hat ihn nicht einmal bemerkt.

Kali packt den Metallgriff der Trage und zieht sie aus der offenen Hecktür des Rettungswagens, schiebt sie schnellen Schrittes Richtung Notaufnahme. »Verdammt traurige Geburtstagsfeier«, versucht sie das lautstarke Quietschen zu übertönen. »Aber ich mach es wieder gut, versprochen.«

Marko steigt in die Fahrerkabine des Tankwagens, als sein Blick auf die kleine Abordnung der Dritten Welle fällt, die zwischen Quarantänestation und Friedhof Aufstellung bezogen hat.

Ruhig stehen die Jugendlichen auf einem Flecken Gras, der wie durch ein Wunder noch nicht verbrannt ist. Sie haben ihre Gesichter bunt geschminkt, rote Flecken auf den Wangen, weiße Kreise um die Augen. Hinter ihnen der Lieferwagen.

Plötzlich stockt die Szene.

Krank und ausgezehrt sieht er aus, wie er so direkt neben der Anführerin steht. Seine Augen sind auf Marko gerichtet, seine Lippen zu einem Lächeln nach oben gezogen, sein Blick entschlossen und starr. Sein Gesicht ist bemalt wie das der anderen auch, sein Körper steckt in zu weiten Shorts, der nackte Oberkörper ist verbrannt.

Berger. Marko beginnt zu laufen.

Hör endlich auf, dich um ihn zu kümmern. Du bist nicht sein Vater.

Doch Markos Füße haben ein Eigenleben entwickelt, rasen über den Asphalt. Er hastet auf die Grünfläche zu, Berger beständig im Blick. Plötzlich kommt Bewegung in die Gruppe. Innerhalb von Sekunden verschwinden alle im Lieferwagen, Berger springt als Letzter hinein und zieht die Tür hinter sich zu.

Spiele dein Leben, bis du nicht mehr spielst.

Der Satz steht in grüner Farbe auf dem Lack. Nur ein paar Wasserpistolen bleiben zurück, als der Wagen davonrast.

»Jemand den du kennst?«, fragt Andi Irgendwas, als Marko zurück zum Tankwagen trottet.

»Halt den Mund und gib den Einsatz durch.«

Im leeren Becken, zwischen den abgeschlagenen Fliesen, stehen Feldbetten. Daneben, auf der verbrannten Fläche der früheren Liegewiese, unzählige Zelte, in allen Farben, verbunden durch Schnüre, daran befestigt Tücher. Im Kassenhäuschen ist eine kleine Küche mit Essensausgabe eingerichtet worden. Menschen drängen sich um das Fenster, Kinder auf den Armen. Sie tragen T-Shirts und kurze Hosen, Flip-Flops und Kappen mit Aufnähern. Dahinter der Sprungturm, das rostige Metall mit gelber Farbe übermalt. Die Sprossen der Leitern, die Handläufe und Sprungbretter leuchten grell vor dem dunkelblauen Himmel.

Marko dreht sich zur Seite und hat ein bekanntes Gesicht vor sich.

»Hast du Angst vor dem Wasser?«, fragt Nehir.

Marko antwortet ihr nicht.

»Du liegst schon den ganzen Tag hier. Es ist doch heiß.«

»Keine Lust auf Kinderpipi«, antwortet er schließlich.

»Komm. Geh mit mir ins Wasser«, sagt Nehir und streckt ihren Arm aus. Marko greift danach. Er fühlt die raue Haut, lässt seinen Daumen über den Handrücken gleiten. Als er nach oben sieht, hat Nehirs Gesicht sich verändert.

»Verschwinden Sie«, ruft er und schlägt die Hand zur Seite. »Ich will alleine mit ihm reden. Wir brauchen keine Aufpasserin.«

Die Riesin verdeckt Bergers Körper. Ein Rascheln, als ein heißer Windhauch in das Transparent über dem Eingangstor zum Schwimmbad fährt. JOIN US NOW. YOU ARE NOT ALONE.

Marko sieht sich um, Polizisten stehen in einiger Entfernung, ihre Waffen eng an den Körper gezogen. Er macht einen Schritt auf die Riesin zu, als er plötzlich Bergers Stimme hinter ihr hört, sicher und stark. »Ich habe nichts dagegen«, sagt er. »Ich habe Freude, mit ihm zu sprechen.« Ein Ausdruck wie eine Formel, doch die Formel zeigt Wirkung, die Riesin verschwindet sofort im Kassenhäuschen.

Ohne Schminke sieht Berger krank aus. Seine Haut ist verbrannt und fleckig, kleine Bläschen sitzen auf der Oberlippe. Die Haare hat er kurz geschoren, der Hinterkopf ist völlig kahl. SUPERMAN steht in roter Schrift auf dem Gelb seines T-Shirts. Marko braucht einen Moment, bis er sich an den Anblick gewöhnt hat. »Bist du dafür nicht zu alt«, sagt er und deutet auf eine Gruppe Kinder, die in der Sonne spielen, einen Ball hin und her springen lassen, mit den Handflächen auf das Leder klatschen.

»Die Dritte Welle ist für alle da«, sagt Berger feierlich. »Nicht nur für Kinder. Wir wachsen. Werden immer mehr. Komm zu uns. Habe keine Angst.« Er streckt seine offenen Hände nach vorne. In der Luft das Geklapper von Geschirr, das leise Plätschern von Wasser. »Glaube nicht, was du über uns hörst. Wir bieten dir Glück. Wir freuen uns auf dich.«

»Was redest du für Scheiße«, fährt Marko ihn an.

»Wir wollen keinen Hass. Wir wollen Freude.«

»Kannst du nicht normal mit mir reden?«

»Wir wollen Glück. Wir sind die Dritte Welle.«

»Wo habt ihr denn diesen blöden Namen her?«

»Wir sind die Dritte Welle, weil wir Kraft haben. Die erste Welle war die Welle der Verschwendung. Die zweite die Welle der Entbehrung. Und die dritte ist die Welle der Freude.« Er verzieht sein Gesicht zu einem Grinsen, reißt die Augen auf und starrt in die Sonne.

»Sie haben dich vor dem Krankenhaus angesprochen«, sagt Marko. »Habe ich recht? Sie haben dich überredet, weil du krank warst.«

»Sie haben gesagt: Du hast Angst«, antwortet Berger und streicht einem vorbeilaufenden Jungen über den Kopf. »Sie haben mir Wasser gegeben. Eine kleine Flasche nur. Durch die Kinder bekommen wir größere Rationen zugeteilt.«

»Aber ihr trinkt das Wasser überhaupt nicht.«

»Nur so viel, wie zum Überleben notwendig ist.«

»Und den Rest verschwendet ihr bei euren Spielchen.«

Berger schnalzt mit der Zunge und dreht sich zur Seite, läuft ein paar Schritte die Steinmauer entlang, die das Schwimmbad abschließt.

»Komm zurück«, sagt Marko und Berger bleibt sofort stehen, sein Körper verdeckt das alte Preisschild. EINTRITT: 3,50 EURO. »Du kannst im Wohnzimmer schlafen. Norbert macht Platz. Deinen Job bekommst du sicher auch wieder, da mache ich mir keine Sorgen. Sie suchen verzweifelt vernünftige Menschen.«

»Ich kann nicht mehr für euch arbeiten«, sagt Berger, als kostete es ihn Kraft, diese Worte auszusprechen. »Ich kann nicht mehr so tun, als gäbe es noch ein funktionierendes System. Erinnerst du dich an die Durstige, die sich den Arm aufgeschnitten hat? Filipa. Ich weiß noch, wie du auf sie reagiert hast, auf der Straße. Ich habe eigentlich schon damals begriffen, dass ich so nicht werden will.«

»Ich habe nichts falsch gemacht.« Markos Stimme überschlägt sich, wird flehentlich. »Das hast du selbst gesagt.«

»Du konntest nicht anders. Das weiß ich.«

»Ich bin nicht dumm«, insistiert Marko. »Ich habe immer gewusst, dass Kowalski Wasser verkauft. Ich habe mir sogar das Video von der Grenze angesehen. Aber das hier …« Er macht mit dem Arm einen Bogen um das ganze Schwimmbad. »… ist doch Teil des Problems. Nicht die Lösung.«

»Ich brauche dich nicht mehr«, sagt Berger. »Ich habe auch ohne dich verstanden, wie viel wir nicht wissen. Nicht wissen wollen. Nicht wissen dürfen. Wie viel man uns verschweigt. Ich habe verstanden, dass meine Angst normal ist. Dass es Wahnsinn ist, keine Angst zu haben.« Er gestikuliert mit seinen Händen, als reichten Worte alleine nicht aus. »Aber je mehr ich verstanden habe, desto kleiner ist meine Angst geworden. Weil die Lügen verschwunden sind.«

»Komm mit mir, Berger.« Marko denkt: Wie tief steckst du eigentlich schon in dieser Sache? »Du warst schon immer leicht zu beeinflussen. Wenn sich jemand um dich gekümmert hat. Die nutzen das nur aus. Schenken dir Beachtung. Die werden bald wieder verschwinden. Und was wird dann mit dir sein? Du wirst dir vorkommen wie ein Idiot.«

Für einen Moment stehen sie einander gegenüber wie Fremde.

»Das glaubst du also«, sagt Berger und spuckt auf den Boden. »Dass ich auf jemand hereingefallen bin. So wie ich auf dich hereingefallen bin.« Er lässt Marko keine Zeit, sich zu verteidigen. »Ich habe immer getan, was du gesagt hast. Ich wollte dir gefallen. Mich beliebt machen. Ich habe nie Freunde gehabt. Und dann habe ich dich kennengelernt. Und ab diesem Zeitpunkt wollte ich dich nie wieder verlieren. Wollte dich immer bei mir haben. Wollte sein wie du. Und deshalb habe ich gedacht, was du gedacht hast. Habe gemacht, was du gemacht hast. Geglaubt, was du geglaubt hast. Dass alles besser wird, schöner. Aber nichts davon stimmt. Du hast mich immer nur angelogen.« Kein Zittern in Bergers Augen mehr.

»Ich will doch nur das Beste für dich«, sagt Marko.

»Du hast mich nie ernst genommen. Ich war immer nur dein Anhängsel. Dein Hündchen.« Berger bellt. Wuff. Wuff. Wuff. Mit jedem Mal reißt er den Kopf nach hinten, schüttelt seinen Körper durch. Die spielenden Kinder zucken zusammen. Noch einmal bellt Berger, dann sagt er: »Denkst du, ich hätte es nicht bemerkt? Aber ich will nicht mehr reden wie du, denken wie du.«

»Komm zumindest zurück in den Schatten«, fleht Marko.

»Wir sollen in der Sonne bleiben«, sagt Berger und kneift seine Augen zusammen. »Als Zeichen. Wir müssen das aushalten. Ich muss das aushalten. Ich bin kein Opfer mehr. Auch kein Opfer der Umstände. Ich bin stärker als das.«

Marko umklammert Bergers Handgelenk, doch der kämpft sich aus dem Griff, stolpert zurück. Berger macht ein paar Schritte auf den Asphaltboden des alten Parkplatzes, der sich vor dem Eingang zum Schwimmbad öffnet, bleibt auf dem abgeriebenen Gelb einer Bodenmarkierung stehen. Blitzschnell zieht er ein Kügelchen aus der Hosentasche, zerreibt es zwischen den Fingern und schnupft das rosa Pulver, wendet das Gesicht zur Sonne.

»Das ist doch nur Brause«, spottet Marko.

»Macht glücklich, so oder so.« Bergers Stimme plötzlich weich. »Wir müssen glücklich sein. Spaß haben. Dinge verschwenden. Mit Wasser hat alles angefangen. Mit Wasser bringen wir es zu Ende.«

»Du klingst ja schon wie einer der Spinner im Radio.«

»Ich weiß, warum du laut wirst«, sagt Berger. »Weil du uns hasst.« Er zerschneidet die Luft mit seiner Hand, als Marko etwas erwidern will. »Ihr hasst uns alle. Weil wir euch erinnern. An all das, was verschwunden ist. An die Freude, die Ausgelassenheit. Es ist wie in der Weihnachtsgeschichte: Wir sind eure Vergangenheit und die Durstigen eure Zukunft.«

Auf dem Sprungturm stehen einige Jugendliche und machen sich bereit, blicken in das leere Becken, strecken die Arme lang, drehen sich dann aber zur Seite und setzen sich auf die wippenden Bretter, lassen die Beine baumeln.

»Sie wollen uns sogar das Wasser streichen«, sagt Berger. »Wenn wir nicht aufhören, unsere Aktionen durchzuführen.«

»Was wollt ihr mit den Spielchen überhaupt erreichen?«

Berger antwortet nicht, reißt sich stattdessen das T-Shirt vom Körper, die Haut voller Blasen. »Weiß du noch, was du mir einmal eingebläut hast? In Zeiten wie unseren hast du drei Möglichkeiten. Du kannst schreien, abhauen oder in die Hände spucken und mitanpacken. Ich glaube, wir haben nur mehr eine Möglichkeit. Ich will einen Aufschrei, einen Riss. Von mir aus auch eine Katastrophe. Eine Zeitenwende. Und dann ein großes Fest.«

Marko stützt sich an der Steinmauer ab, die Augen weiterhin auf die grelle Fläche des Parkplatzes gerichtet.

»Wir planen eine große Aktion«, fährt Berger fort. »Du solltest nicht hier sein, wenn es passiert.«

In der Zwischenzeit haben sich einige Mitglieder der Dritten Welle neben dem Eingangstor gesammelt, die Riesin steht hinter ihnen.

»Was kann ich tun, damit du nicht verschwindest?«, fragt Marko.

»Mach, dass das Leben wieder schön ist«, sagt Berger und schnappt eines der Transparente, die ihm entgegengestreckt werden. »Mit einem Funken Hoffnung.« NIEMALS ENDENDES FEST DER FREUDE steht auf dem Papier. »Aber das kannst du nicht.« Er schwenkt das Transparent hin und her. »Natürlich kannst du das nicht, du Schwächling. Deine Wette hast du wohl verloren!«

»Ich weiß gar nicht, was du hast«, sagt Norbert und pfeffert den Putzfetzen in den Kübel, die ganze Küche blitzblank, auch ohne Wasser. »Ohne meine Feigheit wäre ich selbst nicht mehr hier.«

»Du wolltest doch nie weggehen«, sagt Marko.

»Wer redet von weggehen? Ein bisschen mehr Mut und ich wäre überhaupt nicht mehr da. Im großen Sinne, wenn du verstehst.«

Marko zieht die Schultern hoch: Wovon redest du.

»Sei doch nicht naiv«, sagt Norbert. »Das Feuer.« Er fährt mit der Hand über die Arbeitsfläche, ein zufriedenes Lächeln im Gesicht. »Ich habe Schnaps ausgeschüttet. Dabei hätte es das gar nicht gebraucht. Das alte Holz hat auch so gebrannt. Aber dann habe ich Schiss bekommen. In letzter

Sekunde. Hätte nicht gedacht, dass ich so ein feiger Hund bin.« Er schüttelt den Kopf und schlägt Marko die Hand auf die Schulter. »Und gut war es. Das Feuer. Und meine Feigheit. Sonst wäre ich nicht hier. Glücklich, wie lange nicht.«

»Wieso erzählst du mir das?«, stammelt Marko. Sei einfach still, denkt er. Sei still. Sei still. »Wieso ausgerechnet jetzt?«

»Damit du kapierst, dass du nicht weitermachen musst«, sagt Norbert. »Dass du den ganzen Ballast abwerfen kannst.« Er macht eine Bewegung mit seinen Armen, als würde er einen Kartoffelsack über seine Schultern werfen. »Endlich befreien.«

Ohne auf die Worte seines Bruders zu achten, hastet Marko in den Vorraum, auf die Tür zu. Mit einem Knall stößt er sie auf, springt die Stufen nach unten. Seine Beine geben nach und er rollt in die Sonne. Das verdorrte Gras kratzt an seinem Rücken. Erinnerungen steigen in ihm hoch. An feuchtes, weiches Gras. An den Geruch der Halme. Der Himmel über ihm ist blau und wolkenlos.

Für einen Moment fühlt Marko sich frei.

Doch dann bekommt er Panik. Es kommt ihm vor, als wäre der Himmel wie eine Plastikplane hoch über ihn gezogen, schwer und undurchdringlich. Langsam wird die Luft dicker, immer schwerer fällt es ihm zu atmen. Die Bewegungen seines Brustkorbes werden angestrengter. Die blaue Plane kommt nach unten, nähert sich bedrohlich seinem Körper. Er presst seine Hände auf den Boden und fühlt das Unkraut, die staubige Erde. Er drückt seinen Körper gegen den Boden, der Wärme abstrahlt wie ein Ofen. Sein Mund ist trocken und pelzig, seine Augen tränen und der Rücken schmerzt. Da schüttet ihm sein Bruder ein Glas Wasser über den Kopf, packt seine Beine und zieht ihn zurück in den Schatten.

»Mensch, du kapierst aber auch gar nichts«, flüstert Norbert, seinen Mund ganz nah an Markos Ohr gedrückt. »Du wolltest doch auch keine Vergangenheit mehr. Und ich habe mich eben von ihr befreit. Durch eine Dummheit, aber wen kratzt das schon? Jetzt mach es doch genauso. Ich bin dein Ballast, und das weißt du genau. Geh weg von hier. Mach, was du machen musst. Frag Nehir, was du sie fragen musst. Schau einmal auf dich. Alle anderen schauen auch nur auf sich. Hier kannst du sowieso niemandem mehr helfen.« Er nimmt Markos nassen Kopf und legt ihn in seinen Schoß. »Der Hof ist endlich weg. Um diese Dreckshütte musst du dich jetzt nicht mehr kümmern.«

»Der Hof war immer gut zu uns.«

»Das war doch nur mehr eine Baracke. Vergiss ihn. Vergiss mich. Du hast nichts mehr, was dich noch hält. Warum gibst du nicht endlich auf?«

»Weil es noch zu früh ist«, bringt Marko hervor.

»Lüg mich nicht an«, sagt Norbert.

»Weil es Menschen braucht, die kämpfen.«

»Das ist nicht der Grund«, unterbricht Norbert ihn.

»Also gut«, brüllt Marko seinen Bruder an. »Du willst wirklich wissen, warum? Weil es erst ein bisschen besser werden muss, bis Nehir und ich wieder zusammen sein können. Ein bisschen schöner, weniger traurig. Ich erwarte kein Gold, aber ein bisschen weniger Scheiße würde schon reichen. Weil es keinen Sinn hat, sie zu suchen, wenn alles weiterhin so hoffnungslos ist. Weil ich sie nur zurückgewinnen kann, wenn es eine Zukunft gibt.«

»Gratuliere, jetzt bist du endgültig durchgeknallt.«

»Was bei dir der Alkohol geschafft hat, habe ich ganz alleine hinbekommen.«

Norbert drückt ihm einen Kuss auf die Wange.

Am nächsten Tag sagt Marko den Job ab.

Partezettel. So wird die neue Wasserverordnung genannt.

Die Sonne ist bereits untergangen, doch die Hitze staut sich auf dem Hauptplatz wie in einem Kessel. Tausende Menschen haben sich eingefunden, um ihren Unmut über den Plan kundzutun, der von einer Regierung beschlossen wurde, die wegen der Aussetzung der Wahlen nicht mehr zur Verantwortung gezogen werden kann. Marko nähert sich der Menge langsam, drückt mit der Faust auf die Hupe. Nur widerwillig treten die Wartenden zur Seite, werfen Marko böse Blicke zu, sobald er sie passiert. Ich bin wegen euch hier, denkt er. Nicht zu meinem Spaß. Vorsichtig lenkt er den Tankwagen durch die engen Gassen, den nahen Hauptplatz im Blick. Heute sieht das Quadrat anders aus als sonst: nicht der kleine Versammlungsort von früher, sondern ein lauter, hysterischer Flecken Asphalt. In einiger Entfernung das dreckige Logo eines längst geschlossenen Schnellrestaurants, über dem Tor des Rathauses ein ausgeblichenes Plakat: Institut für Notfallbewirtschaftung. Direkt darunter: Besorgte Bürger für … Der Rest verdeckt von einer Bühne, die notdürftig aus Brettern und schwarzem Stoff zusammengezimmert wurde, im Moment jedoch leer vor der Menschenmenge steht.

Marko kurvt mit dem Wagen um seine alte Schule herum und biegt in eine Gasse, die direkt auf die Bühne zuführt.

Schneller als im Schritttempo kommt er nicht voran. Er passiert die Absperrgitter der Polizei, von draußen dringt unterdrücktes Gemurmel in die Fahrerkabine. Ein junger Polizist, noch Pickel im Gesicht, schiebt die Körper zur Seite, um Platz für den Tankwagen zu machen. Unruhig klatscht er seinen Schlagstock in die offene Hand. Er macht auf Marko nicht den Eindruck, als hätte er ihn schon einmal eingesetzt. Marko fühlt sich nicht wohl mit der Polizei an seiner Seite. Irgendetwas läuft schief, wenn sie hier ist. Hier sein muss. Er kurbelt das Fenster hinunter und ruft dem Polizisten zu, bloß ruhig zu bleiben, doch der scheint ihn nicht zu hören, beißt nur auf seinen Lippen herum, die Augen ausschließlich auf die Menge gerichtet, seine Hände zittern. Kein Wunder, denkt Marko. Die Wartenden sind aggressiv und aufgebracht. Trotz der Hitze zieht eine Gänsehaut über seine Arme, seinen Rücken. Als transportierte der Schweiß das elektrische Flirren in der Luft bis in seine Zehenspitzen.

»Wir sind zu wenige«, schreit er aus dem Fenster.

»Sagen Sie mir etwas Neues«, ruft der Polizist über die Schulter.

In der Zentrale erreicht Marko niemand, also gibt er seine Anweisungen ohne Bestätigung. »Wir halten da vorne«, sagt er und deutet auf eine freie Fläche.

»Das ist nicht der zugewiesene Platz.«

Marko lenkt den Tankwagen dennoch an den Polizeibarrikaden vorbei auf den Gehsteig. »Wir bleiben hier, habe ich gesagt. Da kommen wir doch sowieso nie durch.«

Weiter vorne sieht er den abgesperrten Bereich neben der Bühne, in dem seine Kollegen Dienst versehen, in strahlend neuen Lastwägen, die demonstrativ neben der Bühne geparkt sind.

»Wenn Sie hier bleiben, kann ich für nichts garantieren.«

»Wir bleiben, bis ich aus der Zentrale eine andere Anweisung bekomme, basta.«

Marko erkämpft sich etwas Platz, um die Fahrertür zu öffnen. Die Hitze hat nicht nachgelassen, obwohl es längst dämmert. Es ist ein Gemisch aus Enttäuschung und Wut, das die Luft noch dicker macht. Die Leute zischen sich hinter vorgehaltener Hand Dinge zu, als Marko seinen Fuß auf die Metalltreppe neben der Fahrertür setzt.

Genau in dem Moment findet er Beas Gesicht in der Menge, die beiden Kinder an ihrer Seite. Sie hält etwas Großes, Sperriges in der Hand. Erst als sie sich zur Seite dreht, erkennt Marko das Foto von Valentin. Riesengroß, auf Pappe aufgeklebt. Ein Foto von früher, das Gesicht breit und fleischig. Darüber, mit dicken schwarzen Strichen: WARUM? Du hättest zu Hause bleiben sollen, denkt Marko. Es ist nicht sicher hier. Mit aller Kraft ruft er Beas Namen und winkt sie zu sich, doch sie schafft es nicht, die Menschen zur Seite zu drängen.

Plötzlich ein Hupen, dann ein Quietschen, als ein kleiner Wagen neben Marko hält. Aleksander kurbelt das Fenster herunter: »Kein Durchkommen, wie?« Seine Uniform ist neu, der Kragen noch blendend weiß. Er sieht aus wie Marko bei seinem ersten Einsatz.

»Erste Zuteilung, und dann gleich hier?«, fragt Marko.

»Klar, kennst mich doch«, sagt Aleksander stolz.

»Und ich dachte, das hier wäre der Feind.« Marko klopft mit seinen Knöcheln gegen das Logo auf der Fahrertür. »Drecksverein, hast du gesagt. Paar Ganoven, mehr nicht.«

»Ich war ja noch nie einer von den Guten.« Aleksander zuckt mit den Schultern. »Danke jedenfalls, dass du mir den Job verschafft hast. Auf dich ist Verlass. Der gute Marko von früher, gerade rechtzeitig. Habe jetzt ja eine Familie zu ernähren. Kannst du das glauben? Ausgerechnet ich, der Wahnsinn.«

Marko denkt an Kalis Worte: Irgendjemand muss ja optimistisch bleiben.

Der Gedanke löst eine seltsame Traurigkeit in ihm aus. Doch er sagt nur: »Gratuliere.« Und: »Ihr werdet sicher eine glückliche Familie.«

»Jetzt kann ich solche Spinner natürlich noch weniger gebrauchen.« Mit einem Nicken deutet Aleksander auf die Anhänger der Dritten Welle, die sich mittlerweile unter die Wartenden gemischt haben.

Ihre bunt bemalten Gesichter stechen sofort aus der Masse heraus. Mit wilden Strichen haben sie sich Blumen ins Gesicht gemalt, Sonnen und Wellen. Die Farben verwischen mit dem herabrinnenden Schweiß und ziehen Schlieren über die Haut. Unter hämischem Gelächter werden sie hin und her geschubst, doch nachdem sie sich vorerst nur einzeln über den Platz drängen, lösen sie eher Belustigung als Hass aus. Die Riesin ist nirgends zu sehen.

Marko versucht Bergers Gesicht unter den aufgetragenen Farben zu erkennen, doch es sind nur fremde Gestalten, die ihm entgegengrinsen. Komm bloß nicht hierher. Nicht heute.

»Wenn du die Stellung hältst«, sagt Aleksander und deutet mit einer Kopfbewegung nach vorne, »dann kämpfe ich mich durch.« Beinahe geräuschlos rollt der Wagen davon.

Kurz bevor die ersten Redner die Bühne erklimmen, kommt Bewegung in die Menge. Man hört noch kein Wort, keine Proteste, keine Parolen, doch aus irgendeinem Grund bemerken alle, dass es bald losgeht. Die Türen des

Tankwagens werden binnen Sekunden von den Menschenmassen blockiert. Ehe die Situation sich weiter zuspitzt, drängt Marko sich zur Rückseite. Minutenlang braucht er, bis er seinen Körper auf die Plattform zieht. Kaum aufgerichtet, sieht er, wie der junge Polizist einem Mann gegen die Brust tritt, der den Griff zur Plattform packt und sich ebenfalls nach oben drücken will.

»Sie werden schon noch sehen. Besser gleich Flagge zeigen.«

Früher hätte Marko gesagt: Nicht nötig.

Jetzt hält er einfach den Mund.

Endlich betritt der erste Redner die Bühne, ein Megaphon vor seinem Mund. Marko hört nur dumpfe, metallene Geräusche. Immerhin klingt die Stimme ruhig und vernünftig. Doch genau das scheint die Menge noch gereizter und aggressiver zu machen. Buhrufe ertönen, Beleidigungen werden über den Platz geschmettert. Plötzlich ein lauter Knall. Marko zuckt zusammen. Reiß dich am Riemen, denkt er. Ist nur ein Schwimmreifen der Dritten Welle, der in der Hitze explodiert ist. Er streckt sich und schielt den Tankwagen entlang nach vorne. Der Platz liegt inzwischen in Dunkelheit, doch die Bühne ist hell erleuchtet, ein Lichtkegel legt sich auf die Menschenmenge davor.

Im Scheinwerferlicht ein bekanntes Gesicht.

Imre steht vor dem Transparent und spricht in das Megaphon. Sein Kopf strahlt rot vor dem schwarzen Stoff, sein Körper hat alles Fett verloren, der Bauch ist verschwunden, seine Füße stecken in zu großen Stiefeln, seine Arme hängen wie dünne Äste von den Schultern. Alle Freude ist aus seinem Gesicht gewichen. Marko versteht erst kein Wort von dem, was Imre sagt, so ungewohnt klingt die Stimme, die verzerrt über die Köpfe getragen wird. Erst nach und nach kann er seiner Rede folgen.

»Wir sind Gefangene von unvernünftigen Positionen. Und wisst ihr was? Man verkauft uns unsere Gefangenschaft auch noch als alternativlos. Wir hätten keine Wahl. Aber das glauben wir nicht mehr! Wir glauben nicht mehr, dass man das Wasser nicht vernünftiger aufteilen kann. Dass wir immer zurückstecken müssen, während die Durstigen alles bekommen. Dass die ganze Welt wichtiger ist als unsere Leute. Wir sollen ein System unterstützen, das nur den anderen hilft, den Wahnsinnigen. Aber damit ist jetzt Schluss. Wir kämpfen uns den Weg zurück in dieses System und machen es uns zu eigen.« Applaus brandet auf, als Imre Pause macht, um Atem zu holen. »Ich habe selbst allzu lange nicht verstanden, was wirklich vor sich geht. War glücklich, ohne nachzufragen. Doch dann hat man mir genommen, was mir gehört. Und da habe ich mein Gehirn eingeschaltet.«

Marko sucht Aleksanders Wagen in der Menge, als er plötzlich seinen eigenen Namen hört.

»Ich hatte einen Freund namens Marko«, setzt Imre seine Rede fort. »Er steht garantiert bei einem der Tankwägen und verteilt brav Wasser, wie man es ihm befohlen hat. Nur eines weiß er nicht: Er ist Teil des Problems. Er hat kein Recht mehr. Keine Glaubwürdigkeit. Aber das checkt er nicht. Die Zeit der Zurückhaltung ist vorbei. Die Zeit des Abwägens. Seht euch die Irren doch an, sie sind überall.«

Die Anhänger der Dritten Welle johlen, als Imre sie erwähnt. Spaßterroristen, denkt Marko. Manche von ihnen schwingen Transparente mit Slogans, schütten sich Wasser über den Kopf, andere wiederum springen vor Freude auf und ab wie Gummibälle.

»Jetzt seht ihr genau, was ich meine. Wir müssen kämpfen. Für uns und …«, schnaubt Imre, als ihn mit einem Mal laute Musik zum Schweigen bringt. Über Lautsprecher wird die Menge mit dumpfen, unendlich lauten Bässen beschallt, doch Marko findet ihre Quelle nicht. Er drückt sich am Handlauf der Versorgungsplattform nach oben, als die Musik abbricht und er ihre sonore Stimme hört.

Die Stimme der Riesin.

Am Rande des Platzes steht sie auf einem Balkon, meterhoch über der Menge. Sie hat beide Hände auf die Brüstung gestützt, spricht durchdringend in ein Mikrophon. Klar und deutlich sind ihre Worte zu verstehen.

»All das hat keine Bedeutung mehr. Kommt zu uns.«

Binnen Sekunden ein Flirren in der Luft, Lichtstrahlen durchschneiden die Dunkelheit. Filmbilder werden vom Balkon auf die gegenüberliegenden Häuserfassaden geworfen. Es sind Bilder der Dritten Welle. Ihrer Aktionen. Überlebensgroß die Körper der Anhänger. Der Zug durch die Stadt, die Winterkleidung. Das rote Schwimmbecken, die aufblasbaren Tiere, die im Wasserdampf tanzenden Jugendlichen mitten in der Stadt. Und dann sieht Marko sich selbst. Seine Tritte, den zusammengekrümmt liegenden Jungen.

Warum zieht niemand den Stecker?

Marko lässt den Blick vom Balkon nach unten gleiten. Vor dem Haus hat sich eine Traube an Menschen gesammelt. Gemeinsam versuchen sie, die Tür aufzubrechen. Die Riesin lässt sich davon nicht irritieren. Ihre Stimme dringt problemlos durch die Mauer aus Hass und Wut, die ihr entgegenschlägt: »Feiert mit uns, statt euch zu fürchten. Seid der Mensch, der ihr für den Rest eures Lebens sein wollt.«

Bedächtig schraubt sie eine Wasserflasche auf und lässt die Flüssigkeit nach unten tropfen, während sie spricht. Es ist eine lächerlich kleine Menge Wasser, die die Lage dennoch zur Eskalation bringt. Brüllend und stampfend drängt die Menge gegen die Tür.

Auf dem Balkon ein veränderter Mensch: nicht mehr die ruhige, gefasste Frau aus dem Schwimmbad, sondern ein aufgekratzter Popstar, der immer schneller und mit Nachdruck Slogans in das Mikrophon bellt: »Lasst euch nicht ablenken. Konzentriert euch auf die Zeit der Freude. Die Zeit der Entbehrung ist eine Lüge.« Sie wirkt euphorisch, als hätte sie nur auf diesen einen Moment gewartet, um ihre strenge Maske abzulegen. Und selbst wenn Marko weiß, dass ihre Euphorie nur gespielt ist, fällt er für einen kurzen Moment auf die Täuschung herein. So fröhlich sollten wir alle sein.

Die Anhänger der Dritten Welle bewegen sich währenddessen schreiend und lärmend aufeinander zu. Die kleinste entstehende Lücke wird von ihnen genutzt, um über den Platz zu schnellen, auf die Riesin zu. Auf ihr Signal hin greifen die Jugendlichen Masken aus den Taschen, ziehen sie blitzschnell über ihre bemalten Köpfe. Die Haut bleibt hinter dem durchsichtigen Stoff zwar erkennbar, doch über Augen, Nasen und Mund sind ausgeschnittene Pappteile geklebt, sodass die Gesichter verfremdet und unheimlich wirken.

»Wir müssen feiern, bis wir nicht mehr feiern können«, ertönt die Stimme der Riesin. Immer größer wird die Menschentraube vor ihrem Haus. Und dann bricht die Tür auf. Ein Gerangel, als die wütende Menge in das Stiegenhaus drängt.

»Wir wollen die Zukunft nicht wegen der Vergangenheit verpassen.« Beinahe singt sie. »Wo seid ihr? Wo ist die Dritte Welle?« Über den ganzen Platz verteilt werden Arme nach oben gerissen. »Verschwendet Wasser mit uns. Jetzt.«

Fast im selben Moment hört Marko, wie Stein auf Metall schmettert. Die Dritte Welle schießt Kieselsteine gegen die Wassertanks. Die kleinen Brocken richten zwar keinen Schaden an, doch der Lärm geht wie ein Hagelschauer über dem Platz nieder. Als alle Steine verbraucht sind, ziehen sie Flaschen aus ihren Rucksäcken und Taschen. Das Wasser plätschert auf den heißen Asphalt.

Wir sind mehr als ihr, denkt Marko.

Wir sollten euch die Flaschen wegnehmen und …

»Es bleibt nur mehr eines zu …«

Mitten im Satz bricht die Stimme der Riesin ab und für einen kurzen Moment ist es still. Marko sieht noch, wie ihr Körper vom Fenster weggezerrt wird. Das Geräusch des zu Boden fallenden Mikros hallt mit einem dumpfen Aufschlag über den Platz, dann ertönen Schreie und unverständliches Gebrüll.

Markos Blick wird auf das Dach des Hauses gelenkt. Ein riesiger Metallzylinder, der von den Anhängern der Dritten Welle zur Dachkante geschoben wird. Sie stemmen sich gegen das silbrig glänzende Ungetüm, bis es schließlich kippt. Tausende Liter schießen wie ein Wasserfall nach unten, prallen auf den heißen Asphalt. Dampf steigt zentimeterhoch auf, wie Bodennebel.

Nun hält sich niemand mehr zurück. Gruppen an Menschen greifen die Dritte Welle an, zerren ihre Anhänger zu Boden und schlagen auf sie ein. Binnen Sekunden herrscht das reine Chaos.

Mit einem Mal rückt auch der pickelige, junge Polizist wieder in Markos Sichtfeld. Er reißt ein Mädchen zu Boden. »Wir tun doch niemandem etwas.« Doch der Polizist lässt sich davon nicht beeindrucken, sein Knüppel landet auf ihrer Hüfte.

Marko beobachtet das Treiben mit einer Mischung aus Fassungslosigkeit und Erleichterung.

Eine eitrige Wunde, die endlich geöffnet wird.

Die Polizei schützt die Dritte Welle, so hat es immer geheißen. Von dieser Haltung ist nun nichts mehr zu bemerken. Es kommt Marko viel eher so vor, als hätten die in Mannschaftsstärke vorrückenden Uniformierten nur auf einen Grund zum Übergriff gewartet. Anstatt die Jugendlichen vom Platz zu eskortieren, stimmen die Polizisten in die Übergriffe mit ein.

Die Lautsprecher krächzen, aber es ist nur mehr ein Kratzen und Zischen, das sich mit dem Geschrei auf dem Platz vermischt. Marko sieht Körper aufeinander zustürmen. Und dann seine Eltern. Seine Frau. Seine Frau? Er blinzelt. Die Bilder verschwinden. Er spürt den Taser in seiner Hosentasche. Umfasst ihn mit seiner Hand.

Plötzlich ein Knall. Tausendmal lauter als der zuvor explodierte Schwimmreifen. Ein Widerhall, der für einige Sekunden in der Luft steht und über den Köpfen flirrt. Erst jetzt ducken sich die Menschen. Marko versucht den Ursprung des Schusses auszumachen, doch er findet keinen Anhaltspunkt. Menschen, die genau wie er die Hände an die Ohren pressen. In seinem Kopf surrt ein langgezogener Pfeifton. Als die Menschen zu laufen beginnen, wagt er sich zurück zur Fahrerkabine. Es dauert eine Weile, bis er die Zentrale erreicht.

»Hier ist die Hölle los«, krächzt die Stimme des Generals. »Die Dritte Welle hat das Lager der Durstigen gestürmt. Und niemand hat etwas dagegen unternommen.« Marko kommt nicht zu Wort. »Sind alle nur dagestanden und haben zugeschaut. Es gibt Tote. Viele Tote, wenn die Meldungen stimmen.«

Wir sind eure Vergangenheit, die Durstigen eure Zukunft.

Bergers Worte in Markos Kopf.

Zukunft und Vergangenheit schlagen sich gerade gegenseitig die Schädel ein.

Bevor er nachdenken kann, reißt Marko die Fahrertür auf und läuft los. Auf die Bühne zu, mitten auf den Platz, in Richtung des Balkons. Er läuft, als flöhe er vor einem Ungeheuer. Links und rechts Menschen, ineinander verkeilt. Hoffentlich ist Bea in Sicherheit, schießt es ihm durch den Kopf. Bea und ihre Kinder.

Wo ist Aleksander?

Er reißt seinen Körper herum, doch von Aleksander keine Spur.

Als Marko gegen eine Mülltonne gedrückt wird, hält er sich am Plastik fest und stemmt sich hoch, drückt sein Knie gegen den weichen Deckel, der mit einem Plopp nachgibt, doch auch von hier oben kann er niemand entdecken. Er streckt sich nach vorn, obwohl er Angst vor einem weiteren Schuss hat, in dem Moment kippt die Tonne und er landet auf dem Asphalt, die Haut auf seinen Händen aufgeschürft, ein paar Blutstropfen zwischen den Fingern. Mühsam erkämpft er sich seinen Weg. Von einer Mauer aus schießen zwei Jugendliche Wasser in die Menge. Als ein älterer Mann sich zu ihnen nach oben zieht, mit den Fingern abrutscht und mit dem Rücken auf den Boden knallt, bekommt er eine Ladung ins Gesicht. Lässig springen die Burschen von der Mauer, während Marko nach dem Taser greift, die Finger zusammenpresst und auf den Jüngeren der beiden zielt.

Rund um Marko leert sich der Platz. Die Schreie kommen schon aus den umliegenden Gassen.

Berger.

Er steht keine zehn Meter entfernt, vor der zertrümmerten Glasscheibe eines Ladens, der geplündert wird. Die Maske hängt zerrissen um seinen Hals, sein Gesicht ist geschminkt, doch er ist es, unverkennbar. In der einen Hand hält er einen Schwimmreifen, in der anderen eine Flasche Wasser.

Ein Kind. Er wirkt zerbrechlich und klein.

Marko beobachtet, wie Berger zu laufen beginnt, mehrere Männer setzen ihm nach. Und sofort sprinten auch Markos Beine los. Berger wird zu Boden gerissen, seine Verfolger werfen sich auf ihn. Schlagen die Wasserflasche aus seiner Hand. Den Schwimmreifen. Einer spuckt ihm ins Gesicht. Berger hat einen Riss über dem Auge. Rot. Das sieht Marko, als er endlich bei ihm anlangt.

Das Gesicht seines Freundes.

»Hilf mir«, stöhnt Berger.

Markos Körper bewegt sich nicht.

»Bitte, hilf mir.«

Regungslos beobachtet Marko die Szene.

Berger reißt den Mund auf. Kein Ton.

Es folgen Tritte. Bergers Körper krümmt sich zusammen.

»Du wolltest einen Aufschrei«, bekommt Marko endlich aus der Kehle. »Einen Riss. Jetzt hast du deine Katastrophe.« Keine Ahnung, ob Berger seine Worte versteht. »Ist es das, was du wolltest? Fühlt es sich gut an?«

Als Marko sich umdreht, lässt er den Taser fallen.
Ich bin doch trotzdem ein guter Mensch?
Klar. Sind wir doch alle.

Marko greift den Kübel, wuchtet ihn nach oben und leert das abgestandene Wasser in die Waschmuschel, holt Schere und Seife aus dem Schrank und fängt an. Die abgeschnittenen Haare sehen aus wie grauer Draht, der Dreck rinnt in öligen Schlieren von seiner Haut. Irgendwann wird er wieder der sein, der er war.

Er packt ein paar Dinge zusammen, wirft sie in einen Koffer.

»Ich werde dir schreiben«, sagt er zu Norbert, bevor er das Haus verlässt. »Von unterwegs. Wenn alles klappt.«

»Es wird alles klappen. Es muss.«

»Dann kommst du nach. In Ordnung?«

Sein Bruder umarmt ihn.

Der Geruch von Norberts Körper. Früher empfand er ihn noch als unangenehm, mittlerweile ist er so vertraut in Markos Nase wie sein eigener.

Er reißt sich los, bevor er es sich anders überlegt.

Der Tank ist halbvoll, Benzin ein Problem, um das er sich später kümmern wird.

Nach einigen Stunden Fahrt ist er an der Grenze angelangt.

ACHTUNG.
HALTEN SIE IHRE DOKUMENTE ZU JEDER ZEIT BEREIT.

VIGYÁZAT!
KÉRJÜK AZ IRATAIT MINDIG TARTSA MAGÁNÁL KÉSZENLÉTBEN.

Der schwierige Teil seiner Reise beginnt hier.

Doch daran denkt Marko nicht.

Er denkt an Nehir.

Schmäler und ausgezehrter wird sie aussehen, am Ufer eines Sees stehend, dessen Fläche nur zu erahnen ist. Erst nach einigen Sekunden wird sie sich zu ihm umdrehen und loslaufen. Marko selbst wird sich nicht bewegen können, ihr Anblick wird ihn am Boden festnageln. Doch dann werden seine Beine den ersten Schritt nach vorne machen. Er wird sich ihr entgegenwerfen, die Arme ausgestreckt, bis er sie endlich berührt. Er wird ihre Taille umfassen, sie hochheben, hinter ihr der Sonnenuntergang. Er wird sie herumwirbeln, Musik wird einsetzen, wenn er sie endlich küsst.

Dann Dunkel. Ende.

Ende.

Die Arbeit an diesem Roman wurde durch
ein Arbeitsstipendium der Kunstsektion
des Bundeskanzleramts unterstützt.

Jürgen Bauer

Das Fenster zur Welt

Roman

Die 80-jährige Hanna wagt nach dem Tod ihrer Mutter einen späten Ausbruch aus ihrem starren Alltag. Beim Speed-Dating lernt sie den jungen, arbeitslosen Schauspieler Michael kennen, dem durch die Trennung von seinem Partner plötzlich jede Sicherheit genommen wurde.

Die Fahrt zu Hannas erster Jugendliebe aus den turbulenten Wochen nach Kriegsende zwingt Michael, auch in seiner Kindheit nach Antworten zu suchen, denn Hanna kennt den Grund, warum seine Mutter ihn bei seinem Vater zurückgelassen hat. Zunehmend wird den beiden bewusst, wie sehr einzelne Entscheidungen ein ganzes Leben prägen.

Jürgen Bauer schildert in seinem Debütroman *Das Fenster zur Welt* das Aufeinandertreffen zweier Generationen, die sich gemeinsam der Suche nach ihren begangenen Fehlern stellen, und nähert sich mit feinfühliger Sprache und subtilem Humor der Frage nach Schönheit und Vergänglichkeit eines Augenblicks.

Gebunden mit Schutzumschlag und Lesebändchen, 176 Seiten
ISBN: 978-3-902711-25-0
ISBN E-Book: 978-3-903061-03-3

Jürgen Bauer

Was wir fürchten

Roman

»Das erste Mal fühlte ich die Angst, als mein Vater Kornkreise in ein Feld am Ortsrand trat und meine Mutter mich losschickte, um ihn nach Hause zu holen, bevor die Nachbarn etwas bemerken konnten.«

Georg erzählt aus seinem Leben, das von Unruhe und Angst gezeichnet ist. Die Furcht vor seinem psychisch kranken Vater lässt ihn an allen Versuchen scheitern, Vertrauen und Stabilität zu finden. Erst als Erwachsener gelingt es ihm, die Kontrolle über sein eigenes Leben zu erlangen und sich sicher zu fühlen, bis traumatische Ereignisse die Idylle zerreißen und sein Verfolgungswahn erneut ausbricht.

Seine Mutter hält ihn für verrückt, Georgs Frau scheitert daran, ihn zu beschützen, und auch sein bester Freund glaubt nicht an seine Erzählungen. Doch was, wenn Georgs Ängste berechtigt sind und die Menschen in seinem Leben tatsächlich ein Geheimnis verbergen? Was, wenn sich wirklich alles nur um ihn dreht?

Im Dialog zwischen Georg und seinem Gegenüber entwickelt sich ein Machtspiel um die Wahrheit und ihre Bedeutung. Doch wer entscheidet, ob eine Geschichte richtig erzählt ist? Vielleicht liegt die Lösung bei jener Person, der er seine Geschichte anvertraut. Schritt für Schritt wird Georgs Leben entblättert, bisherige Antworten werden infrage gestellt und müssen neu überdacht werden.

Gebunden mit Schutzumschlag und Lesebändchen, 264 Seiten
ISBN: 978-3-902711-38-0
ISBN E-Book: 978-3-903061-09-5

www.septime-verlag.at